AF185749

DENJIN

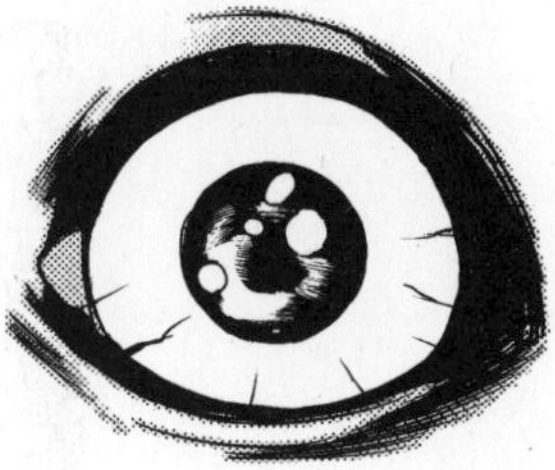

1

Text: **Yuu Kuraishi**

Zeichnungen: **Kazu Inabe**

Idee: **Kuu Tanaka**

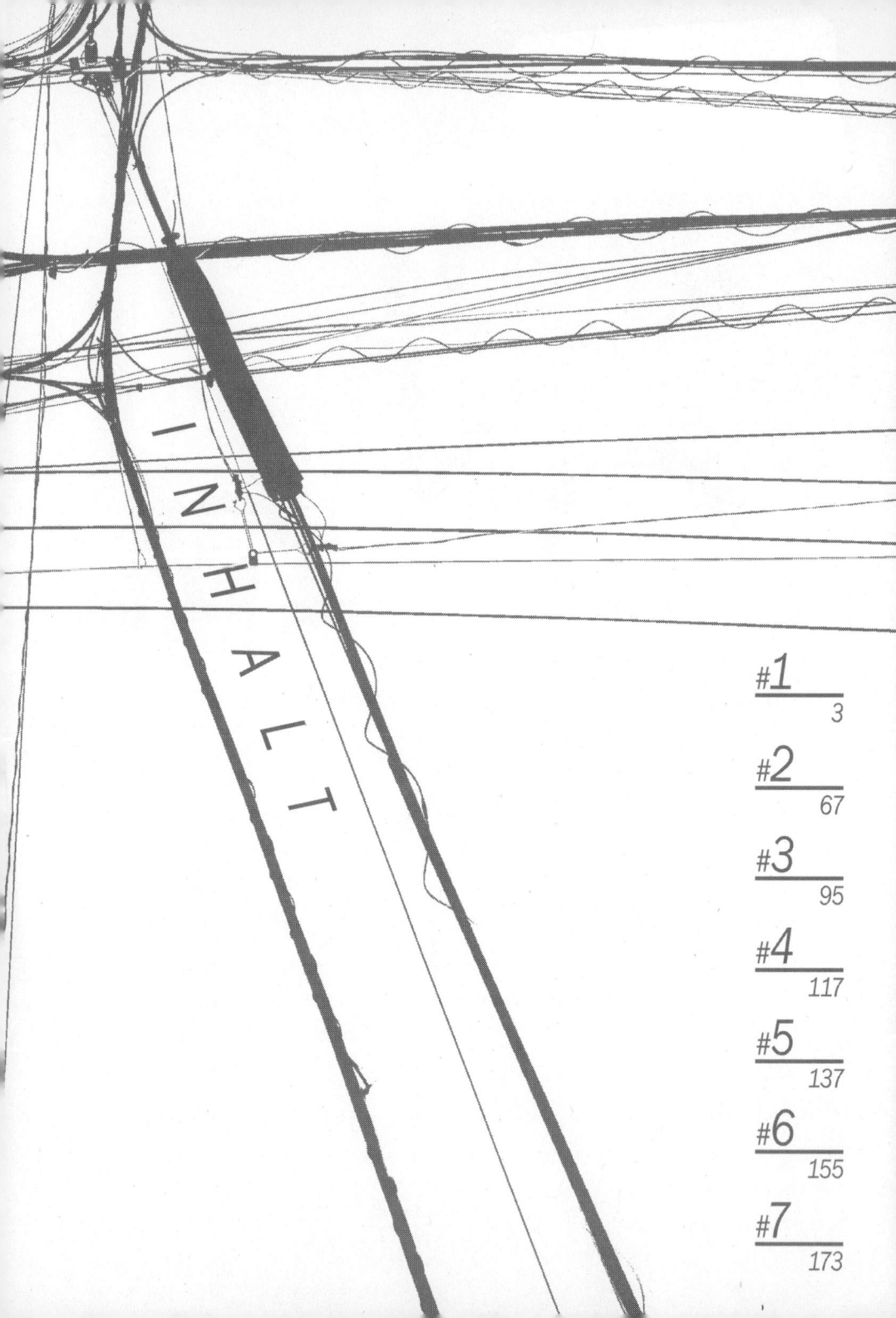

INHALT

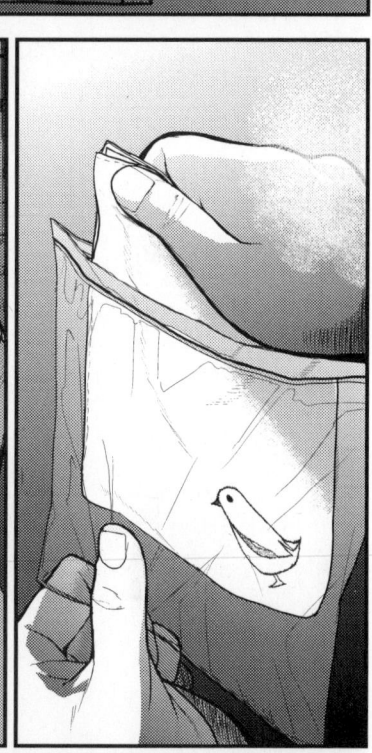
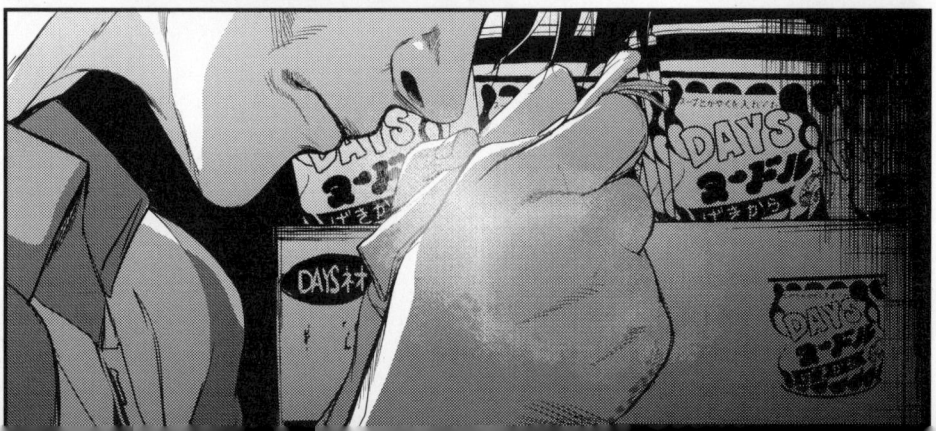

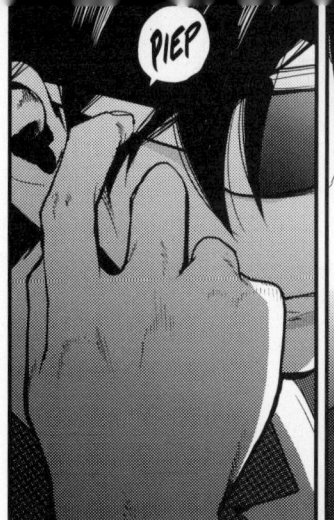

TELL ME! ☆ TELL ME!

LOS
GEHT'S!

KOMM MIT!

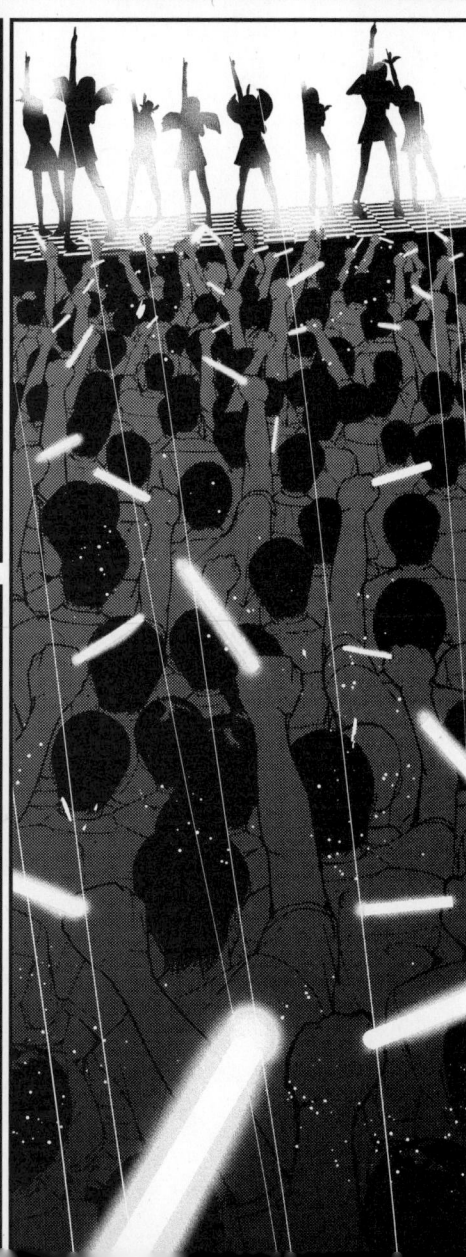

HEUTE NACHT ...

MEIN HERZ HOFFT AUF DICH.

DU SOLLST
GANZ ALLEIN
MEINEM HERZEN
GEHÖREN!

... WILL ICH
DEINE STIMME
HÖREN!

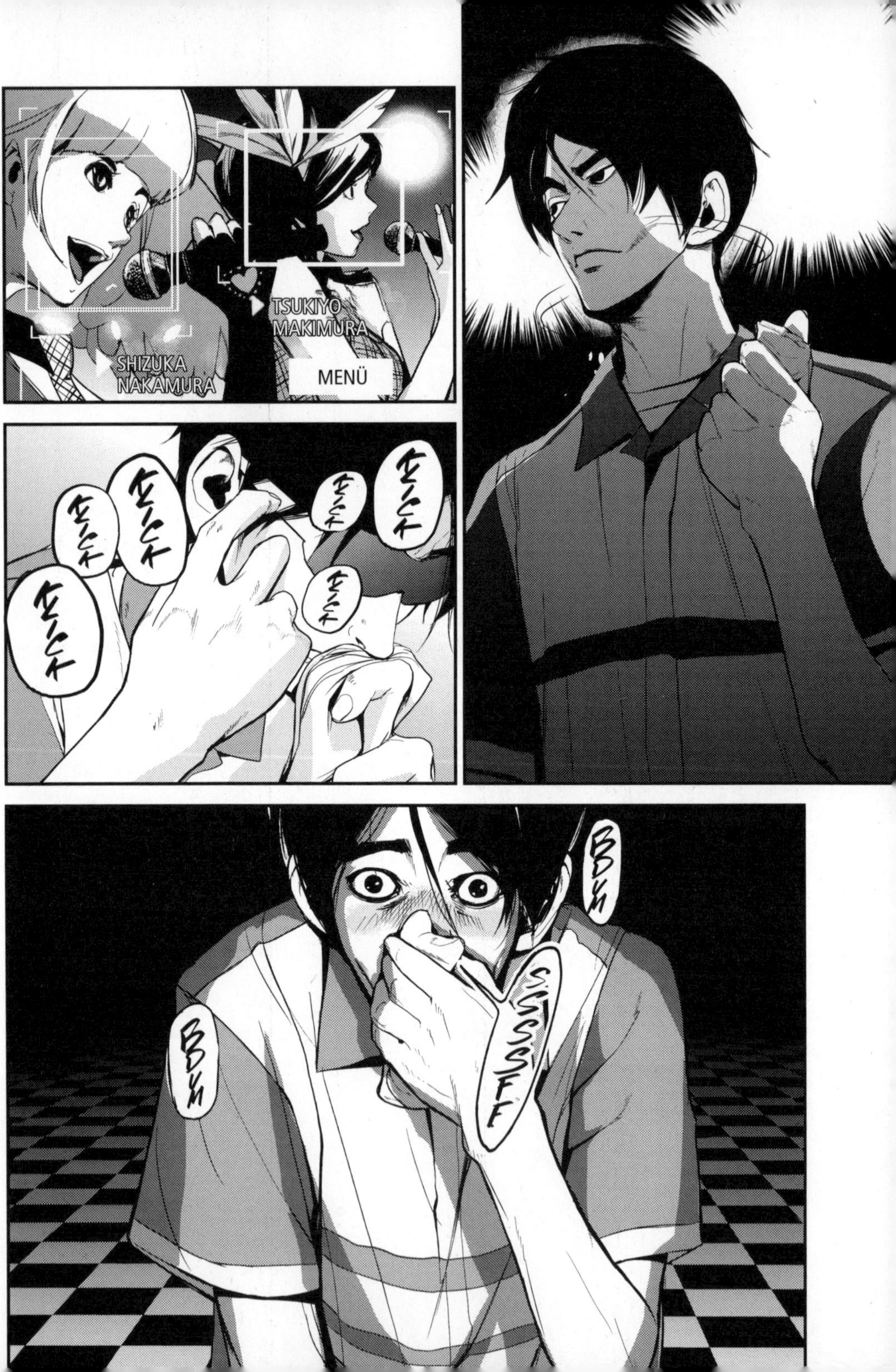

SHIZUKA
NAKAMURA

TSUKIYO
MAKIMURA

MENÜ

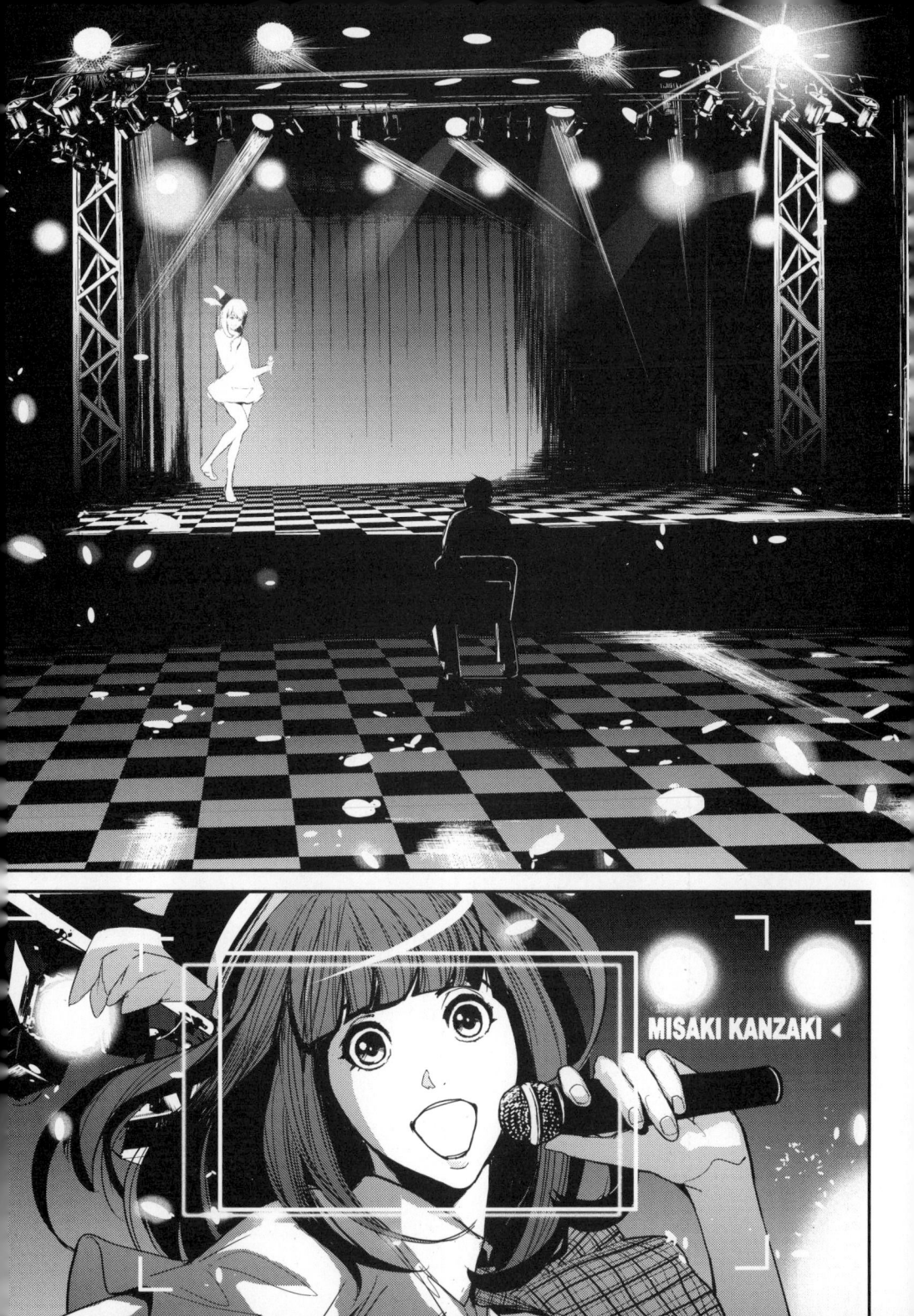

MISAKI KANZAKI

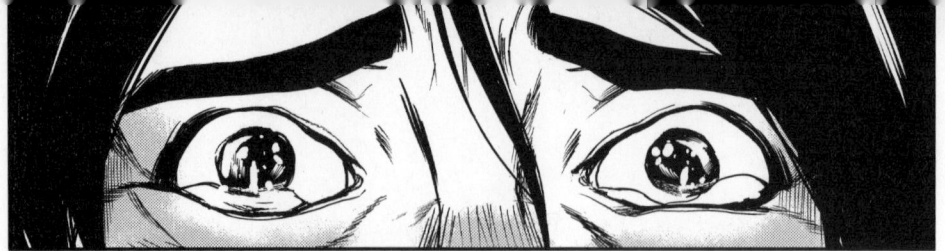

... PAUSE VORBEI.

OKAY, ...

PUH!

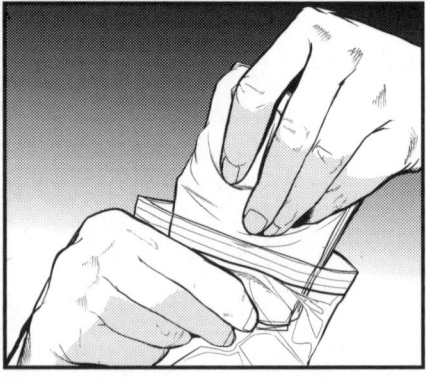

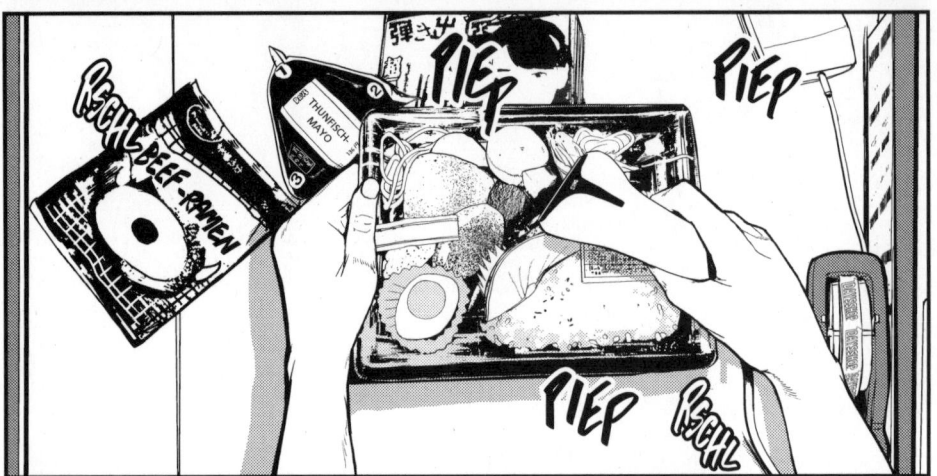

SOLL ICH ES IHNEN AUFWÄR-MEN?

NEIN, PASST SCHON.

PARLIA-MENT.

PARLIA-MENT!

WIE BITTE?

TUT MIR LEID.

BWAMM

...

ÄHM ...

MANN, 'NE PACKUNG ZIGARETTEN! PARLIAMENT LIGHT, DU PFEIFE! DIE NR. 35, DIREKT HINTER DIR!

WAS MÖCH-TEN SIE?

TSS!

!

MAL SEHEN, NR. 35 ...

DWOMM

RAUN

RAUN

ENT-SCHULDIGEN SIE, ICH MÖCHTE DIESES PAKET AUFGEBEN.

...

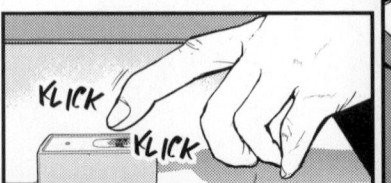

KLICK

KLICK

NICHT ZU FAS-SEN ...

RAUN

RAUN

GEHT DAS NICHT SCHNEL-LER?

AH!

TSCHACK

DING DONG

DING DONG

LASS EINFACH, MURAMOTO.

CHEF, WIR WERDEN GERUFEN.

IHR ERNST? HA HA HA!

NEE, NEE, DAS ÜBER- LASSEN WIR UNSEREM BRAVEN TEN.

DA STEHEN SICHER TAU- SEND LEUTE AN.

NASU IST ALLEIN AN DER KASSE.

SOLL- TEN WIR NICHT REIN- GEHEN?

„T" UND „N" UND HAUST EIN „E" DAZWISCHEN, ALSO „TEN".

DU NIMMST DIE INITIALEN VON „TADAHIRO NASU", ...

ACH SO!

ABER SAGEN SIE MAL, WARUM NENNEN SIE NASU EIGENTLICH „TEN"?

NEE, ODER?!

WEIL ER HALT DIE SCHULE IN DER 10. KLASSE ABGEBROCHEN HAT. ECHT ZUM SCHIESSEN.

DIE LIEGT NUR NOCH ZU HAUSE RUM. SEIN LOHN GEHT FÜR DIE RÜCKZAHLUNG DER SCHULDEN UND IHRE BEHANDLUNGSKOSTEN DRAUF.

UND SEINE MUTTER STÜRZTE SICH IN DEN ALKOHOL.

... MASSIG SCHULDEN. DA BLIEB KEIN GELD FÜR DIE SCHULE.

DOCH. SEIN VATER HAUTE MIT 'NER FRAU AB UND HINTERLIESS ...

... SONDERN AUCH NOCH 'N EXTREMER IDOL-FAN.

UND UNSER TEN IST NICHT NUR ARM UND UNGEBILDET, ...

EINS VON DEN MÄDCHEN SOLL MIT IHM ZUR SCHULE GEGANGEN SEIN.

ER STEHT TOTAL AUF IRGENDSO 'NE KLEINE, ERFOLGLOSE GRUPPE. „LES FÉES" HEISST DIE.

OH WOW, BEI DEM KOMMT JA ECHT WAS ZUSAMMEN.

PFUUUH

SIE WISSEN JA ECHT GUT ÜBER IHN BE-SCHEID.

HÖ?

KLAK

DU SACK BIST DOCH NUR CHEF, WEIL DER LADEN DEI-NEM VATER GEHÖRT.

KLAR.

'N GUTER CHEF INTE-RESSIERT SICH EBEN FÜR SEINE MITARBEI-TENDEN.

CHEF ...

WAS 'N?

ICH KLINGELE SCHON ZIEMLICH LANGE.

WAS, ECHT? SORRY, HAB ICH GAR NICHT MITGEKRIEGT.

NA, DANN WOLLEN WA MAL WIEDER ARBEITEN, ODER?

...

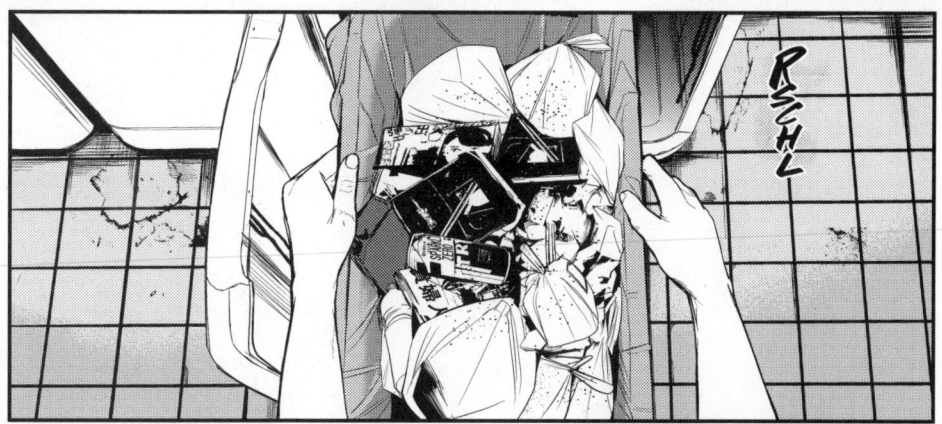

* CA. 24 EURO

** CA. 200 EURO

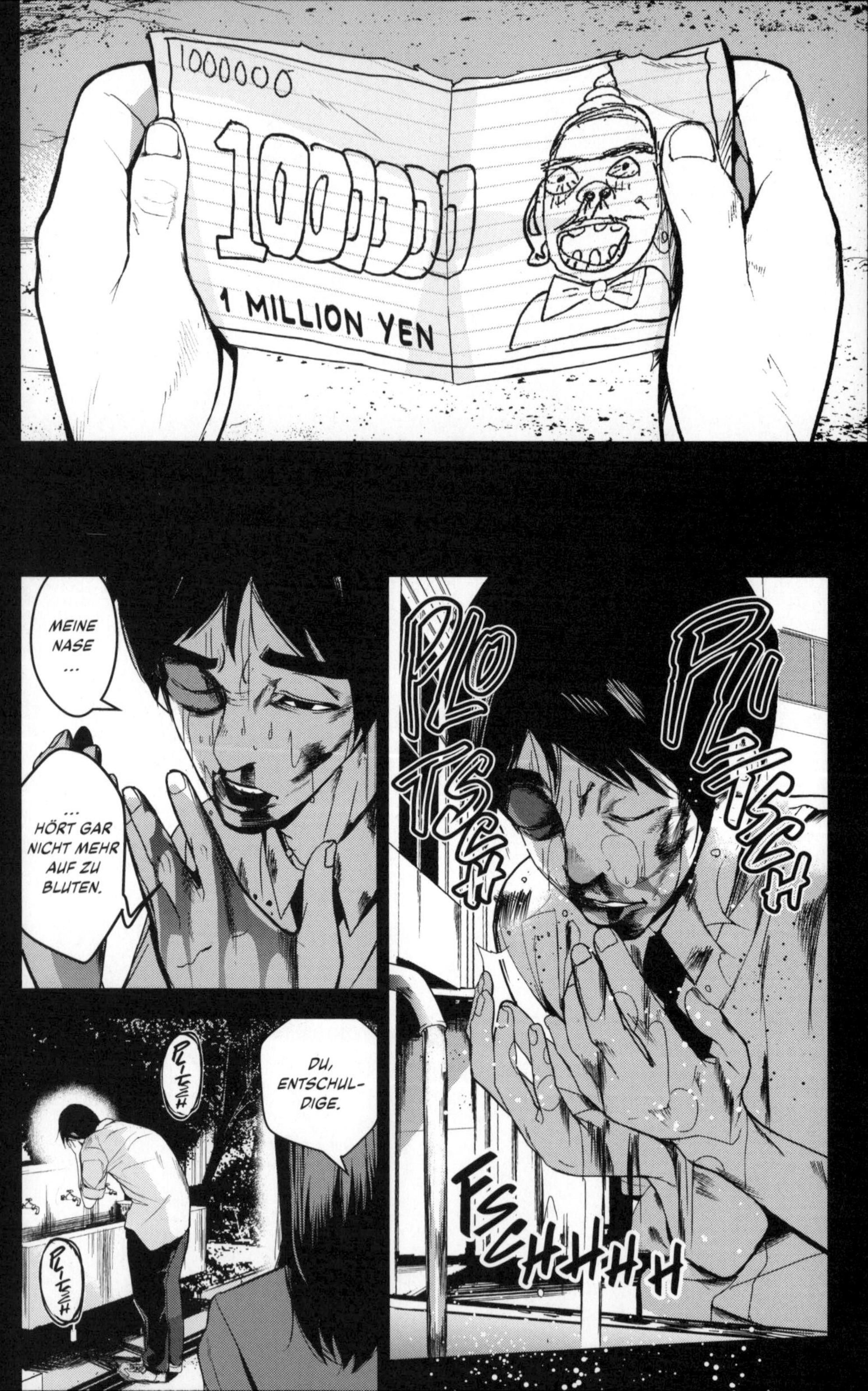

MEINE
NASE
...

... HÖRT GAR
NICHT MEHR
AUF ZU
BLUTEN.

DU,
ENTSCHUL-
DIGE.

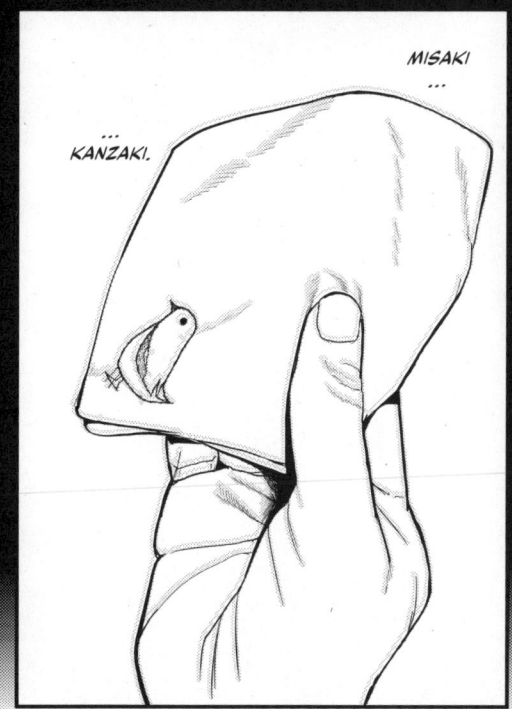

MISAKI
...

... KANZAKI.

RSCHL

RSCHL

BRENNBARER MÜLL

BRENNBARER MÜL

CHEN & DOSEN

BITTE KEINEN HAUSMÜLL EINWERFEN.

TRAMP

TRA-

TRA-

MP

UAH!
WAS
DENN?!

CHEF!

HABEN
SIE ES
GESE-
HEN?!

MEIN
TASCHEN-
TUCH!

TRA
MP

TRA
MP

NGAH!

BIST DU VOLL-KOMMEN DURCHGE-KNALLT?!

WAS ZUM ...

AAAH! FUCK!

KLACK
WAS ZUR HÖLLE MACHST DU DA?!
ÄHM, I... ICH BRAUCHE ...
... GELD FÜR MEINE MEDIKAMENTE.
UND DESHALB WÜHLST DU EINFACH SO IN MEINEM SCHREIBTISCH RUM, ...
... DU DRECKIGE DIEBIN?!
WIE REDEST DU DENN MIT DEINER MUTTER?

UÄH!

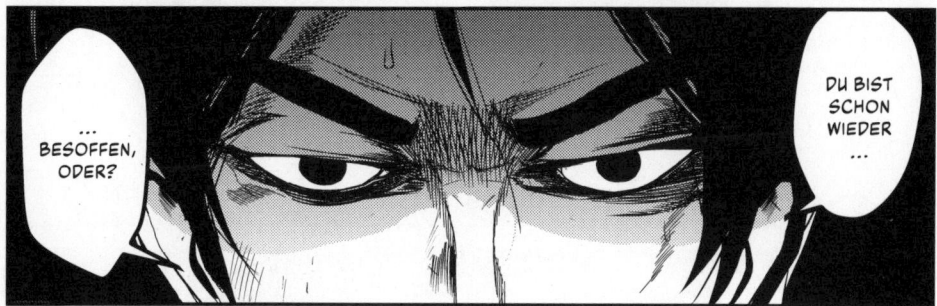

... BESOFFEN, ODER?

DU BIST SCHON WIEDER ...

WAS IST MIT DEINER ARBEIT?

... WAS DU ÜBERHAUPT UM DIE ZEIT HIER MACHST!

LÜG NICHT!

ICH RIECH DOCH DIE FAHNE!

NEIN.

WIE OFT WILLST DU NOCH RÜCKFÄLLIG WERDEN, HÄ?!

SAG DU MIR MAL LIEBER, ...

BIST DU NOCH GANZ DICHT?!

HAST DU SCHON WIEDER GEKÜNDIGT?

ACH, HALT DIE SCHNAUZE! KANN DIR DOCH EGAL SEIN!

DU WEISST GANZ GENAU, DASS ES MIR ZUM ARBEITEN VIEL ZU SCHLECHT GEHT.

WAS WEISS ICH! FÜR DAS GELD HABEN EIGENTLICH DIE ELTERN ZU SORGEN!

WOVON SOLLEN WIR DENN JETZT LEBEN?

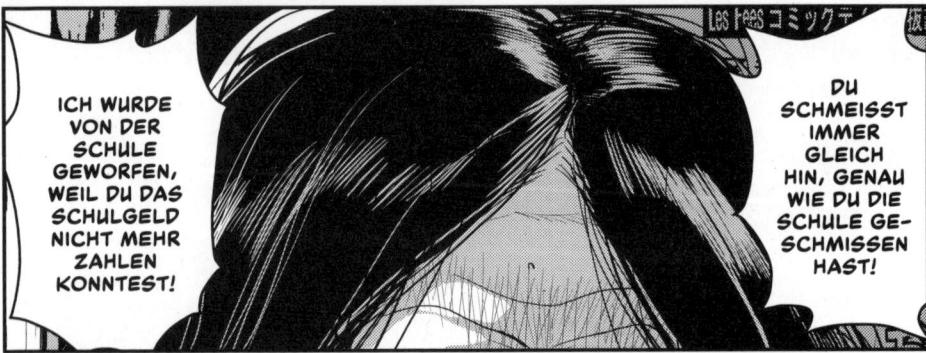

ICH WURDE VON DER SCHULE GEWORFEN, WEIL DU DAS SCHULGELD NICHT MEHR ZAHLEN KONNTEST!

DU SCHMEISST IMMER GLEICH HIN, GENAU WIE DU DIE SCHULE GESCHMISSEN HAST!

... UND DU BIST UM NICHTS BESSER.

DEIN VATER WAR EIN VERSAGER ...

... MIT DIR, DRECKIGE HEXE!

AAAH!

RAUS ...

ICH WERD DICH ANZEIGEN!

HAST DU 'NE AHNUNG, WAS EINEM BLÜHT, WENN MAN SEINE MUTTER SCHLÄGT?!

ICH HÄTTE DICH ABTREIBEN LASSEN SOLLEN!

ICH WÜNSCHTE, ICH HÄTTE DICH MISS-RATENE BRUT NIE ZUR WELT GEBRACHT!

DU MADE!

ICH SCHEISS AUF DICH!

KRACK

SCHEISS AUF DICH, BIS DU DARAN ER-STICKST!

DU BIST EINE UNDANKBARE, SCHÄBIGE RATTE, DIE ES NIE ZU WAS BRINGEN WIRD!

WAR JA KLAR, DASS DU DEIN GELD AM ENDE FÜR SO WAS BESCHEU-ERTES WIE IDOLS RAUS-HAUST!

...WAS ZU TRINKEN!!!

ABER VORHER BRINGST DU MIR NOCH...

KRACK

ICH MUSS MEINE ENERGIE AUFLADEN.

HÖRST DU NICHT, DU VERSAGER?!

ICH WILL ALK!

SW

MEINE ENERGIE ...

... MISAKI.

ICH ... ICH BRAUCHE ...

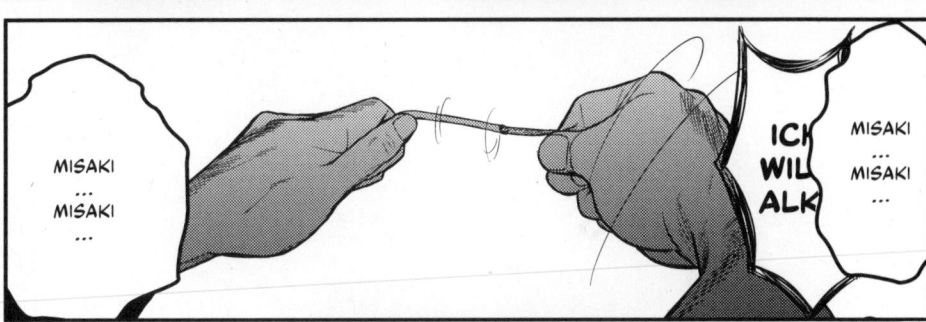

MISAKI ... MISAKI ...

ICH WILL ALK

MISAKI ... MISAKI ...

MISAKI, MISAKI, MISAKI, MISAKI, MISAKI, MISAKI, MISAKI, MISAKI ...

VERDAMMTE KAKERLAKE!

LOS, GEH WELCHEN KAUFEN!

MISAKI ... MISAKI ...

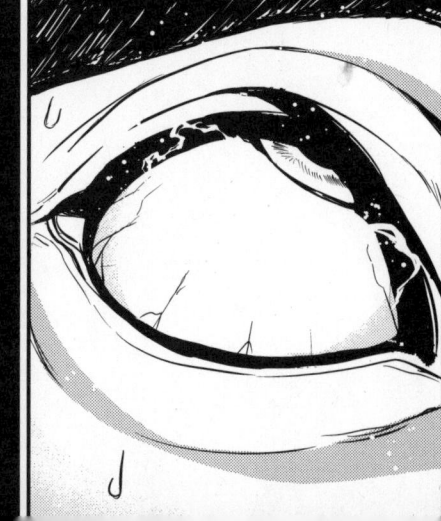

HÄ?

WAS IST LOS?

WAS
...

...
GEHT HIER
VOR?

WAS IST
DAS FÜR EIN
GRELLES
LICHT?

WO
BIN ICH?

BIN ICH ...
ETWA TOT?

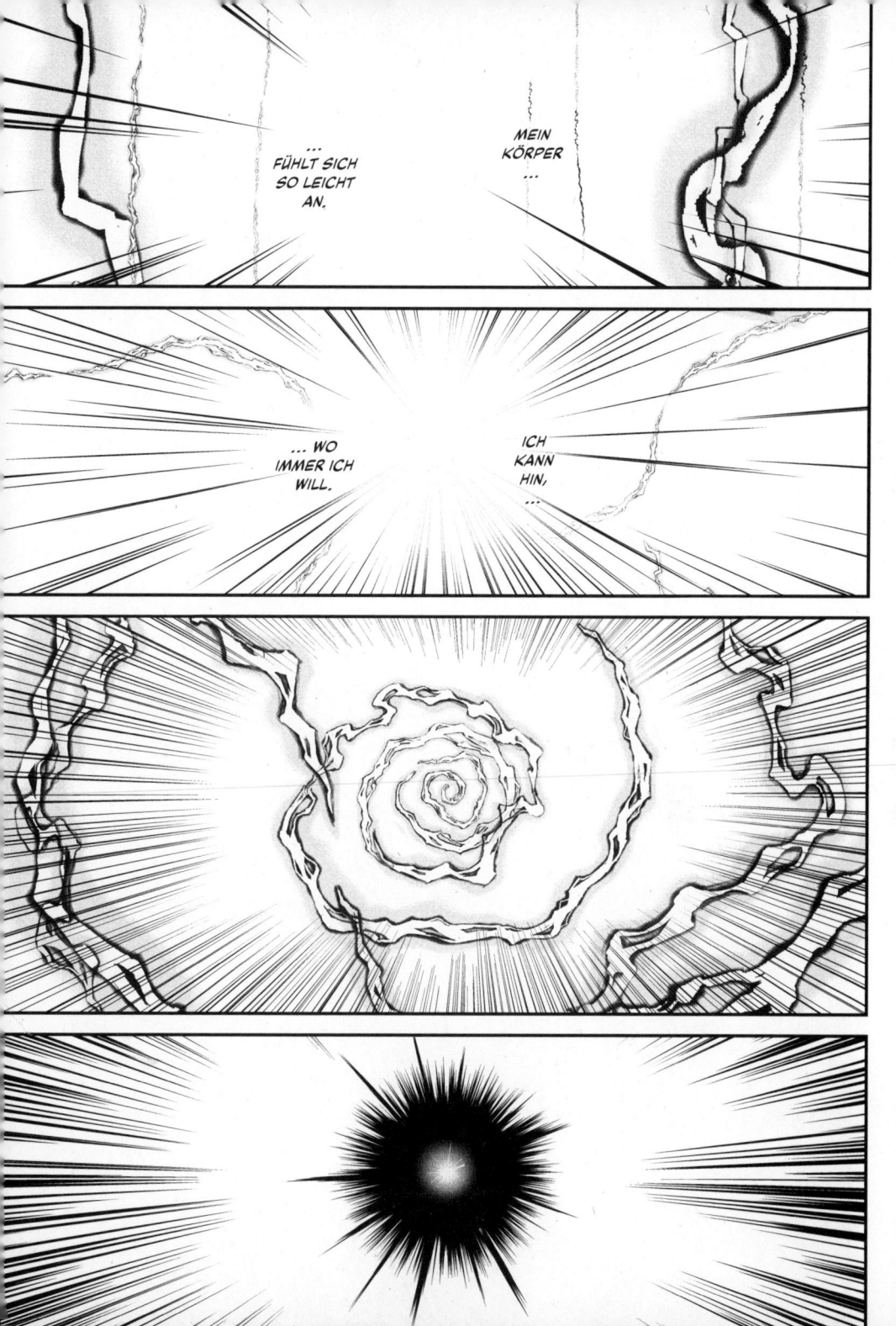

DIE URSACHE?

ER SOLL SICH SELBST UMGE-BRACHT HABEN ODER SO.

JETZT DARF ICH DIE NACHTSCHICHT SCHIEBEN, BIS ICH 'NEN ERSATZ FÜR IHN GEFUN-DEN HAB.

PAPS? JA, HAB ERFAHREN, DASS TEN AB-GEKRATZT IST.

JEDEN-FALLS ERREICH ICH MURAMOTO, DEN ARSCH-KRIECHER, AUCH NICHT.

AUF EINMAL ISSER WEG.

SPINN ICH?

... WILL ICH DEINE STIMME HÖREN!

KOMM MIT! HEUTE NACHT ...

EIN SONG VON SO 'NER IDOL-GIRL-GROUP?

MEIN HERZ HOFFT AUF DICH.

UAAAH!!!

KASSCHACK

KASSCHACK

KASSCHACK

EWIIIIN

KASSCHACK

KASSCHACK

KASSCHACK

KASSCHACK

FWIIII

KASSCHACK

KASSCHACK

KASSCHACK

WAS IST JETZT WIEDER KAPUTT?

GANZ TOLL.

FWIIII

... UNTER BEDROHUNG? KANN ICH DAS DER POLIZEI MELDEN?

FÄLLT DAS ...

ICH WEISS JA NICHT MAL, WER DAHINTER-STECKT.

... WIE SOLL ICH DAS ERKLÄREN?

ABER

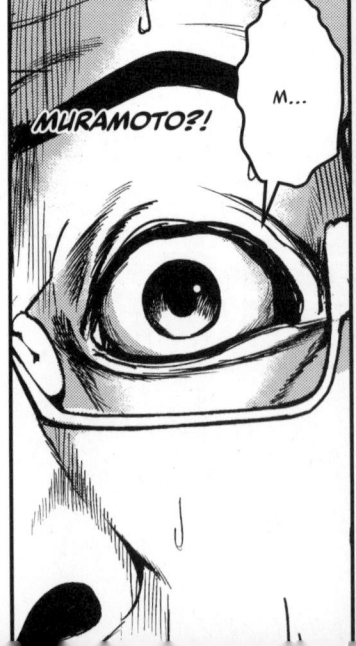

MURAMOTO?!

M...

SCH KRR

TAP TAP

Kriegler, scheißkerl!

UAAAAAH!!!

HÄ?!

BAMM

BAMM

FUCK, EY, WAS SOLL DER SCHEISS?!

WIRST DU DRECKSTÜR WOHL AUF- GEHEN!

AH, JETZT GEHT'S ...

?!

WWW MM

GAH!

HNG!

自◎動　自◎動

FUCK, GEH AUF!

KRSCH KRSCH

... HERZ ... AUF DICH ...

WAS ZUM ...

SPINN ICH?

自◎動　自◎動

デイズ○◆区

DAS WÜNSCH ICH MIR SO SEHR.

BLEIB FÜR IMMER BEI MIR.

KLANK

KLANK

SHIT!

LASS MICH RAUS, VERDAMMTE SCHEISSEEE!

BIS ANS ENDE MEINES LEBENS LASS ICH DICH NICHT MEHR LOS.

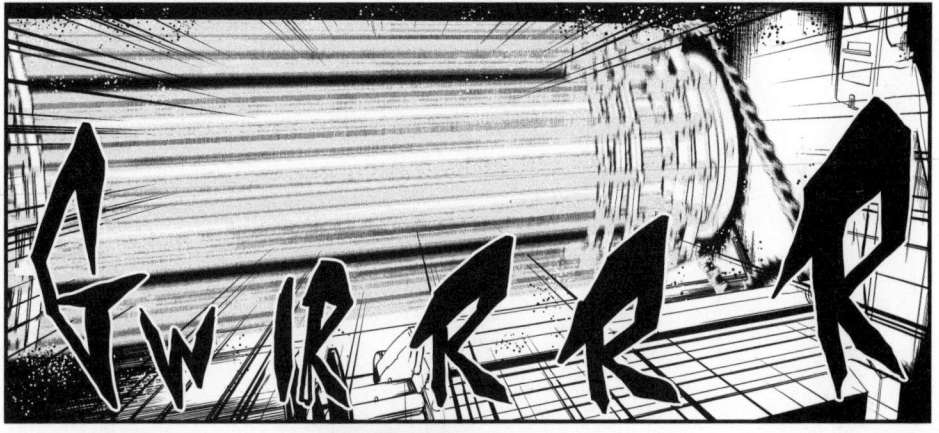

KOMISCH.
WARUM
IST DENN
DAS
ROLL-
GITTER
...

NANU?

GERN.

HOLEN
WIR UNS
BEIM MI-
NIMARKT
WAS ZU
TRIN-
KEN?

?!

HIAAAH!!!

ICH KANN ÜBERALL HIN.

WOHIN AUCH IMMER ICH WILL.

OHA, SELTSAM. NEBENAN GIBT ES NOCH STROM.

NEIN, MEIN PC! SO EIN MIST!

AH! EIN STROM-AUS-FALL!

WIE KANN DAS SEIN?

WAS?

...WAS IMMER ICH WILL.

UND ICH KANN TUN...

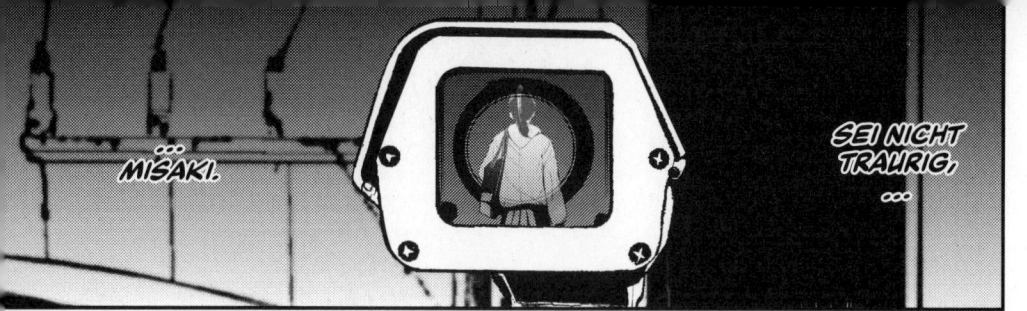

... MISAKI.

SEI NICHT TRAURIG, ...

... UM DICH ZUM GRÖSSTEN IDOL IN GANZ JAPAN ZU MACHEN.

ICH WERDE ALLES TUN, WAS NÖTIG IST, ...

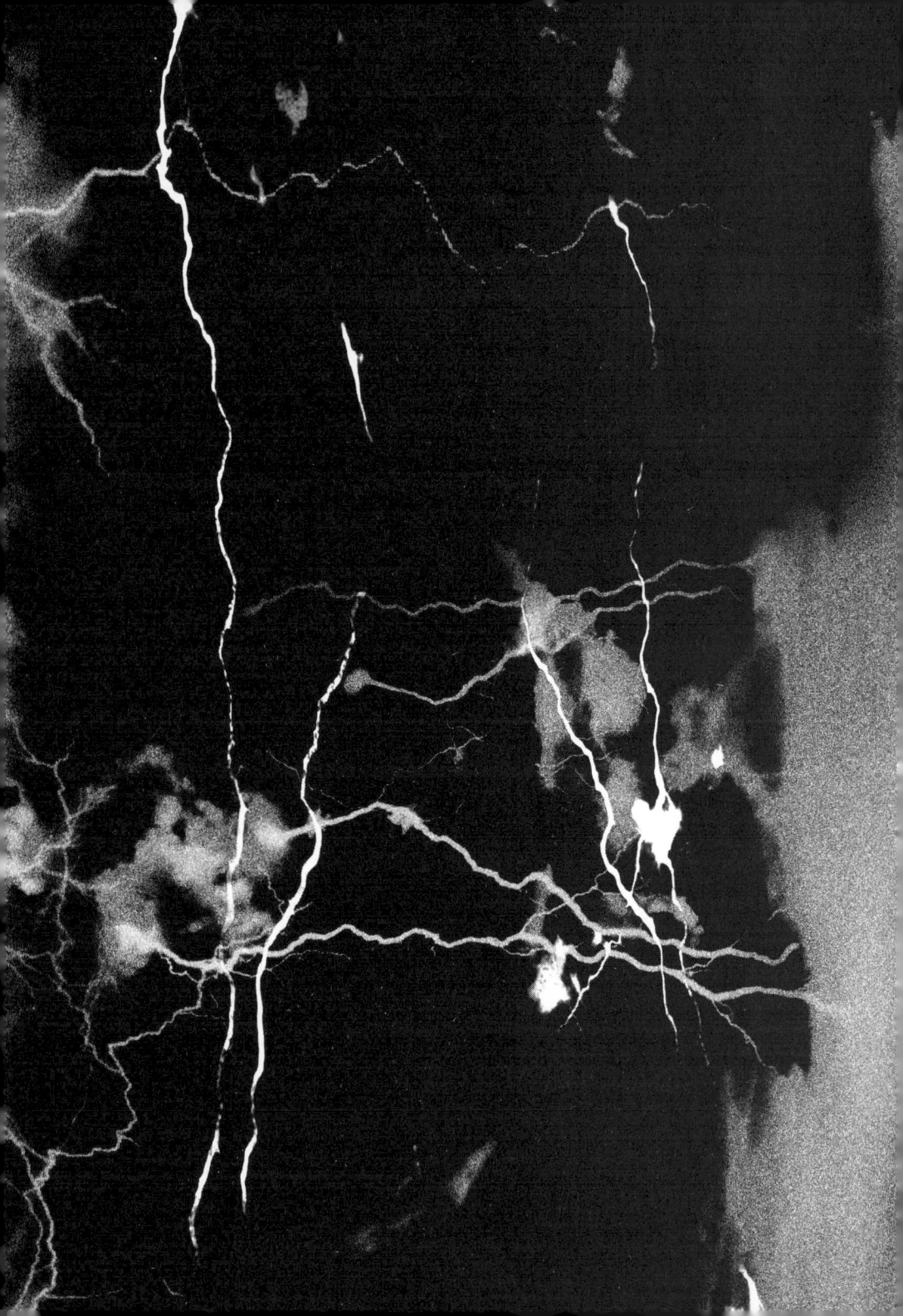

UND DAS LÄCHELN NICHT VERGESSEN!
NIEMAND WILL MÜDE GESICHTER SEHEN!
KLATSCH
KLATSCH
TAMM
DOMM
BUMM
DAMM

DAS WAR'S.

VIELEN DANK!

MISAKI!

JA?

MACH WEITER SO!

DAS LIEF DOCH GANZ GUT HEUTE.

...JAAAAAA!!!

OH....

ICH HAB ECHT 'NE GLÜCKS-STRÄHNE IN LETZTER ZEIT!

DIE TRAINERIN HAT MICH ZUM ERSTEN MAL GE-LOBT!

JAPP, ICH FREU MICH SO.

NA, DU BIST JA GUT DRAUF.

NA JA, ZUM BEISPIEL ...

ACH JA? INWIE-FERN?

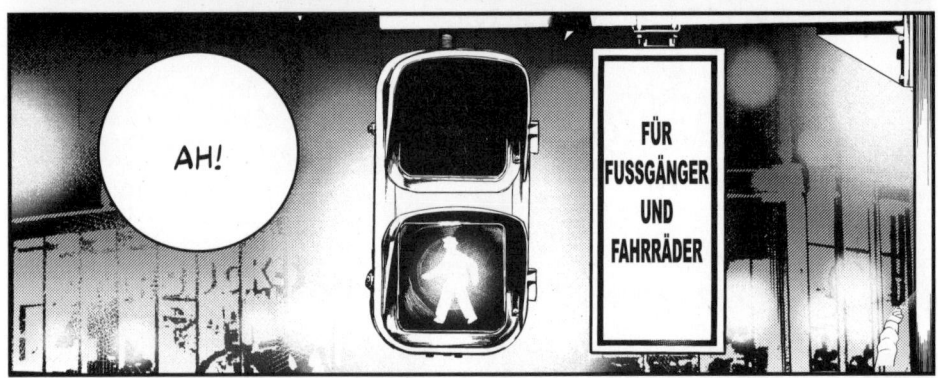

AH!

FÜR FUSSGÄNGER UND FAHRRÄDER

WAS? WIESO GRINST DU SO?

HE HE.

ACH, QUATSCH, REINE EIN-BILDUNG.

IRRE, ODER?

SIEHST DU?

7778 IN BETRIEB

KLANG

BEI „7777" EINE FLASCHE GRATIS

WAHNSINN! DAS IST JA UNGLAUB-LICH!

NA? DA STAUNST DU, WAS?

DANKE, MISAKI, DU BIST DIE BESTE!

NIMM, WAS DU MÖCHTEST. GEHT AUF MICH.

IR-GEND-WIE ...

NICHT JEDES MAL, ABER OFT.

UND DU GE-WINNST JEDEN TAG?

NUR FÜR MICH DA SIND UND AUF MICH ACHTGEBEN.

... HAB ICH DAS GEFÜHL, DASS ALL DIE LICHTER DER STADT ...

ABER ...

HE HE HE!

DU GLÜCK-LICHE.

OH JA, STIMMT GENAU!

... DER HAUPTGRUND FÜR DEINE GUTE LAUNE IST DOCH, DASS DIESER AUFDRINGLICHE NÖRGLER ENDLICH WEG IST, ODER?

ICH BIN FROH, DASS ICH IHM DIE MEINUNG GESAGT HAB.

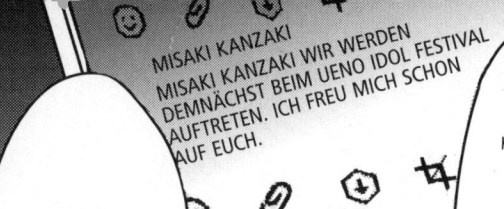

MISAKI KANZAKI
MISAKI KANZAKI WIR WERDEN DEMNÄCHST BEIM UENO IDOL FESTIVAL AUFTRETEN. ICH FREU MICH SCHON AUF EUCH.

NACH DIESEM POST HAB ICH NICHTS MEHR VON IHM GEHÖRT.

AMACHANZR @AMA
ICH SCHWÖRE HIERMIT, DASS ICH MISAKI KANZAKI VON NUN AN IN RUHE LASSEN UND NIE WIEDER WIE EIN STALKER BELÄSTIGEN WERDE ICH BITTE VIELMALS UM VERZEIHUNG.

ER SCHRIEB: „ICH SCHWÖRE HIERMIT, DASS ICH MISAKI KANZAKI VON NUN AN IN RUHE LASSEN UND NIE WIEDER WIE EIN STALKER BELÄSTIGEN WERDE. ICH BITTE VIELMALS UM VERZEIHUNG."

HNN!

JETZT FÜHL ICH MICH, ALS KÖNNTE ICH ALLES SCHAFFEN.

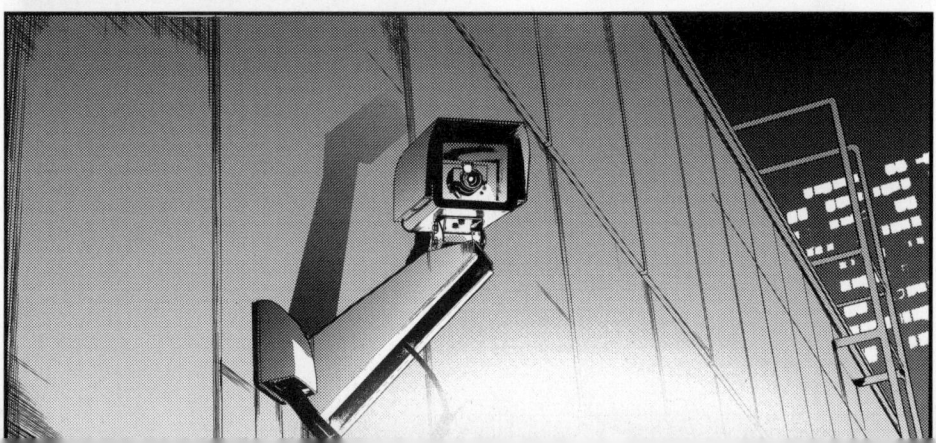

UENO IDOL FESTIVAL

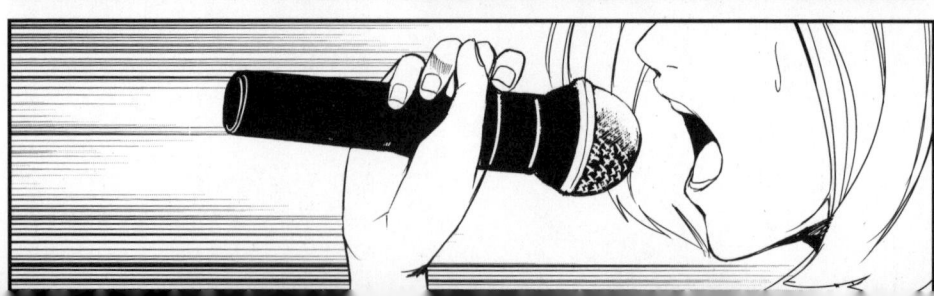

WAAAAH

VIELEN DANK!

DAS WAREN LES FÉES!

WAAAH

WAAAH

EURE GRUPPE WAR GROSS-ARTIG!

GLÜCK-WUNSCH!

OH YES!

OKAY! LOS GEHT'S, LEUTE!

UND NUN KOMMEN NORTHERN LIGHTS!

OH MANN, ...

JA ...

... VIEL SCHNELLER ERFOLG-REICH ALS WIR.

... IRGENDWIE WERDEN ALLE ANDEREN ...

MITGLIED VON LES FÉES
KASUMI YOKOYAMA

WAS ?!

ENERGIE UND MOTIVATION, WÜRD ICH SAGEN.

MANAGER VON LES FÉES
TORAO HIROSAWA

ICH FRAG MICH, WAS UNS FEHLT.

TAXI
★★

JA?

NORTHERN LIGHTS, DIE GRUPPE, DIE NACH EUCH AUFGETRETEN IST, ZUM BEISPIEL ...

SCH... SCHON.

WIR HABEN UNS DOCH ANGE-STRENGT, ODER?

ACH, KOMMEN SIE, HERR HIROSAWA, ...

WARUM SIND SIE DENN NICHT GEFLOGEN?

16 STUNDEN?!

CA. 1150 KM

DIE SIND 16 STUNDEN MIT DEM AUTO VON SAPPORO HIERHER-GEFAHREN.

OH, DAS ERKLÄRT EINIGES.

AUSSERDEM TRAINIERT JEDE VON IHNEN SEIT DER KINDHEIT BALLETT.

IM ERNST?

WEIL SIE DAFÜR NICHT DAS BUDGET HABEN. SIE HABEN NICHT MAL GENUG, DASS SIE ALLE MIT DEM SHINKANSEN FAHREN KÖNNTEN.

HM?

JA, TATSÄCH-LICH! DER WAGEN HAT EIN KENN-ZEICHEN AUS SAP-PORO.

SIND SIE DAS NICHT? DA GLEICH VOR UNS?

SIE HABEN UNS BE-MERKT!

NA, HÖR MAL, WAS SOLL DENN DAS?

SIE WINKEN UNS ZU. ECHT SYMPA-THISCH.

OH, HALLO.

WIE NETT.

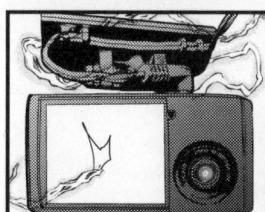

W... WIR MÜSSEN DIE FENS-TER EIN-SCHLA-GEN!

WAS MACHEN WIR DENN JETZT?!

VERDAMMT! DIE TÜREN LASSEN SICH NICHT ENTRIEGELN!

DING DING DING KLACK KLACK KLING DI NG

OH NEIN! NEIN, NEIN!

DAS SCHAFFEN WIR NIE! DIE SIND ZU STABIL!

DING DING

OH NEIN, DAS DARF NICHT WAHR SEIN!

HÄ? WAS IST LOS?!

UM HIMMELS WILLEN! WAS TREIBEN DIE DENN DA?!

DING DING DING DING DING DING

Northern Lights

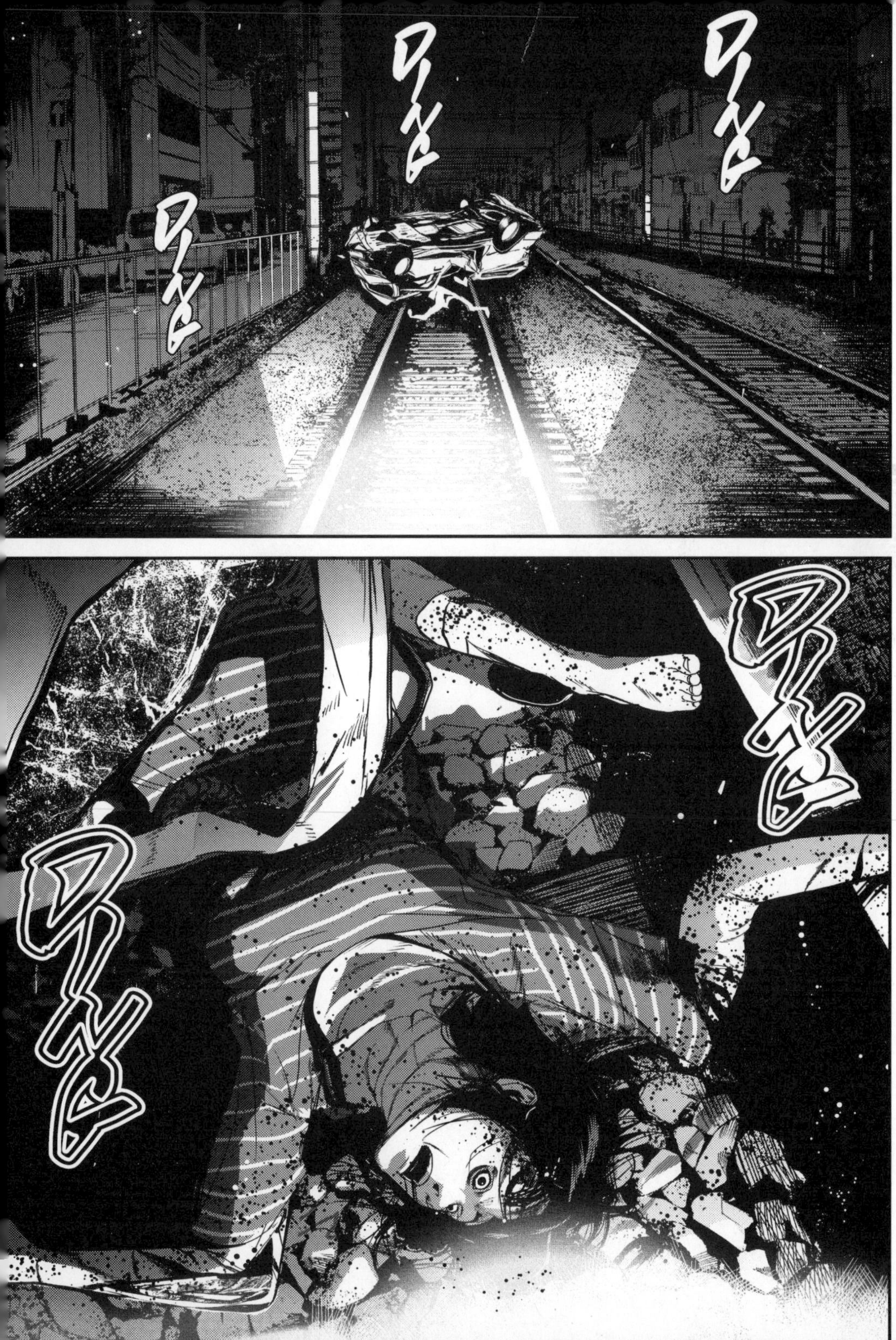

...
MISAKI?

FREUST
DU DICH,
...

...BIST
DU DEINEM
TRAUM, EIN STAR
ZU WERDEN, EINEN
SCHRITT NÄHER-
GEKOMMEN.

JETZT, WO
DEINE KONKUR-
RENTINNEN WEG
SIND, ...

IM MOMENT MAG ES DICH NOCH ÜBER-RASCHEN,

... DOCH DIR WIRD BALD NUR NOCH GUTES WIDERFAHREN!

DING

... GEHT ES NICHT SCHNELL GENUG.

DOCH AUF DIE ART ...

DING DING

VON NUN AN WIRD DAS ANDERS SEIN.

BIS JETZT HAB ICH DICH NUR IM STILLEN ANGEFEUERT UND UNTERSTÜTZT.

WIE SCHRECK-LICH!

ICH RUFE EINEN KRANKEN-WAGEN!

DENJIN N

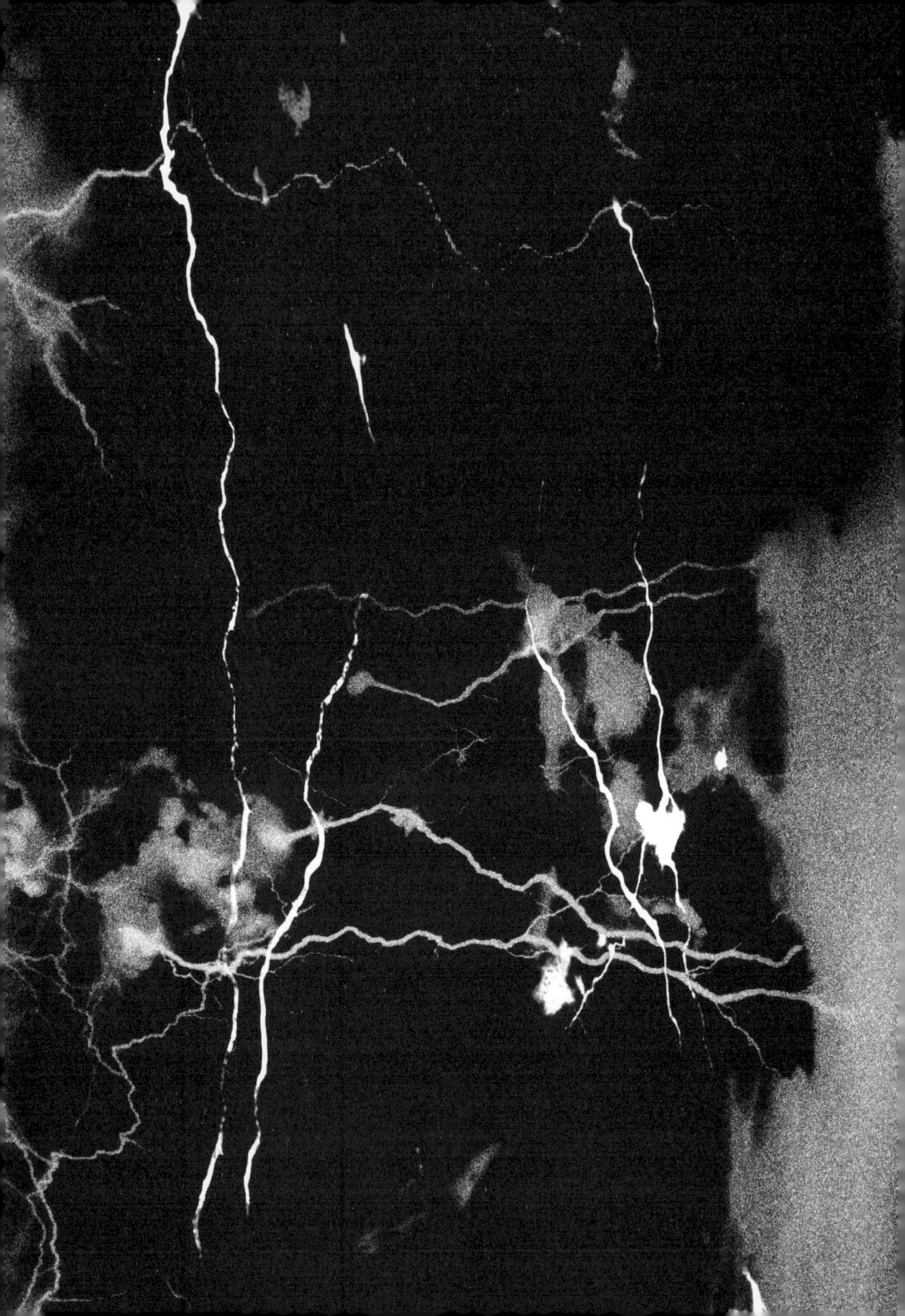

#3

* POLIZEIPRÄSIDIUM TOKYO

JA.

BEREIT?

GWTT

FWA

PP

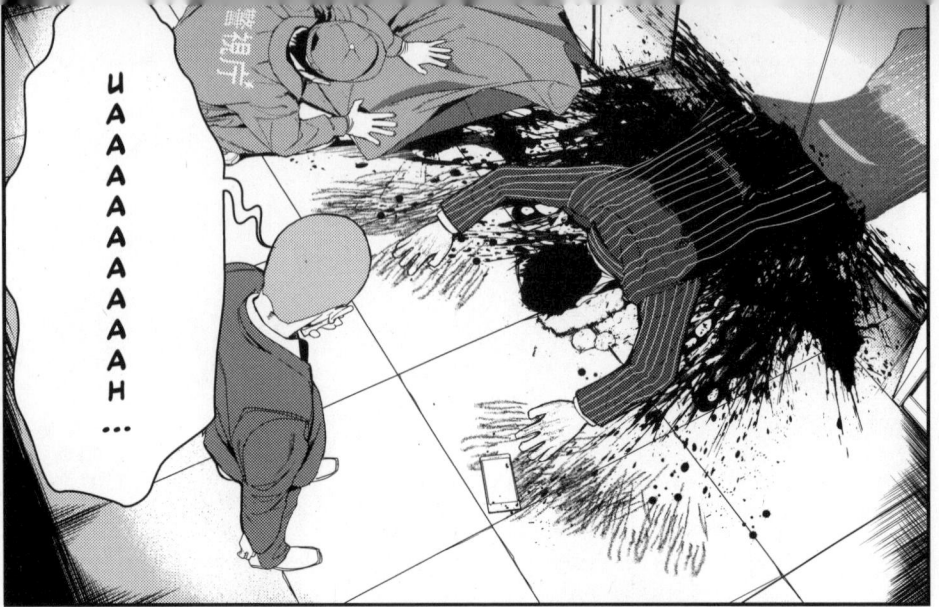

UAAAAAAAAH...

... UND DER REST SAUBER ABGETRENNT IM AUFZUG.

SEIN OBERKÖRPER LIEGT ALSO HIER IM 3. STOCK ...

OH, KOMMISSAR AZUMA.

TAG.

NA, DANN GUCKEN WIR DOCH MAL ...

ALSO, WIE WAR DAS? HIER WURDE 'NE ZWEIGE-TEILTE LEICHE GEFUN-DEN?

ACH, DU SCHEISSE! ES STIMMT!

KEINE AHNUNG, WIE ICH NACH HAUSE GEKOMMEN BIN.

UFF, ICH HAB GESTERN ABEND IN SHINJUKU WIEDER ZU VIEL GE-SOFFEN ...

GUTEN MORGEN.

... DAS SIEHT ÜBEL AUS.

VER-DAMMT, ...

GUTEN MORGEN.

VER-ZEIHEN SIE DIE VER-SPÄTUNG.
GUTEN MORGEN, KOMMISSAR YANAGIDA!
禁止 警視庁
ACH, DU BIST'S, YANAGI-DA.
WARST DU WIEDER IM FITNESS-STUDIO?
NEIN, HEUTE WAR ICH BOUL-DERN.
BOUL... AH, DAS, WO MAN SO AUF FELSEN RUMKLETTERT, ODER?
JA, NUR GEHE ICH DAFÜR LIEBER IN DIE HALLE. ICH BIN KEIN NATUR-MENSCH.

HM.

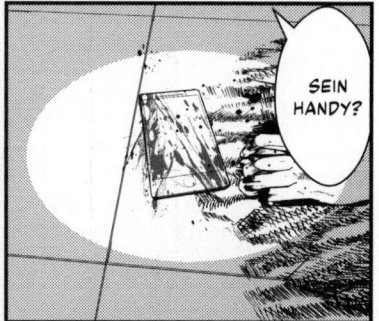

SEIN HANDY?

DAS IST MISAKI KANZAKI VON DER IDOL-GRUPPE LES FÉES.

OKAY ... WER IST DAS DENN?

DIE MÄDCHEN SIND NUN MAL WIRKLICH GUT.

UND DAS IN DEINEM ALTER.

DU STEHST ECHT AUF DIESES IDOL-ZEUGS, WAS?

ER WAR BEI DER KREDITFIRMA NUMATA LOANS IM 3. STOCK DES GEBÄUDES ANGESTELLT.

UNSER OPFER HEISST TOSHIYA AMANO, 32 JAHRE ALT.

NATIONALE KAMPAGNE VERKEHRSSICHERHEIT

POLIZEIREVIER

DER TODESZEITPUNKT WIRD AUF DREI UHR MORGENS GESCHÄTZT.

ER STARB AN BLUTVERLUST, NACHDEM ER ENTZWEI GETEILT WURDE.

WIR FANDEN SEINE TASCHE BEI IHM, SEIN HANDY, SEIN PORTEMONNAIE. ALLES IN ALLEM NICHTS UNGEWÖHNLICHES.

... UM 21 UHR AM VORTAG VERLASSEN.

DER STEMPELUHR IM BÜRO NACH HAT ER DIE FIRMA ...

... RUTSCHTE AUS, FIEL HIN, ...

VERMUT-LICH STIEG ER NACH DER ARBEIT IN DEN FAHRSTUHL, ...

NUMATA LOANS

DAS KLINGT EXTREM SCHMERZ-HAFT.

ALLER-DINGS.

... UND IN GENAU DIESEM MOMENT HATTE DER FAHRSTUHL EINE FEHL-FUNKTION ...

... UND FUHR WIE EINE GUIL-LOTINE AUF IHN NIEDER.

MO-MENT.

... ABER WIE ERKLÄREN SIE SICH DEN ZEITLICHEN ABSTAND ZWISCHEN DEM VERLASSEN DES BÜROS UM 21 UHR UND SEINEM TOD UM 3 UHR?

IM GROSSEN UND GANZEN MAG ES SO ABGELAUFEN SEIN, ...

GUTE FRAGE.

STIMMT.

DAZU DIE UN-ZÄHLIGEN, BLUTIGEN KRATZ-SPUREN.

DAS HEISST, ...

SEHEN SIE SICH EINMAL DIESE FOTOS HIER AN.

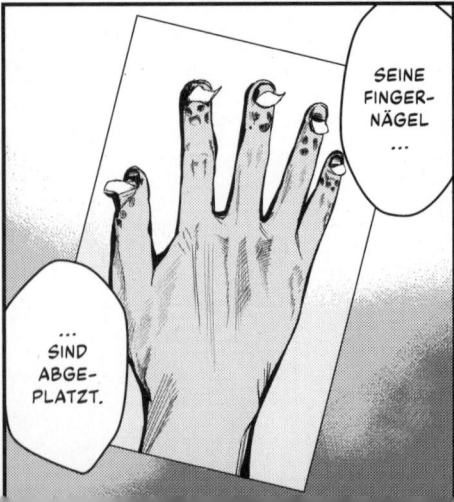

SEINE FINGER-NÄGEL ...

... SIND ABGE-PLATZT.

... DER AUFZUG MUSS SICH IN ÄUSSERST GERINGER GESCHWINDIGKEIT BEWEGT HABEN.

... ER VERLIESS DIE FIRMA UND STIEG IN DEN FAHRSTUHL, DER DARAUFHIN ZWISCHEN DEN ETAGEN STECKENBLIEB.

MIT ANDEREN WORTEN, ...

WIE BITTE, WAS?

ALS AMANO DANN VERSUCHTE, SICH DURCH DEN SPALT ZUM STOCKWERKSBODEN ZU BEFREIEN, BEGANN DIE KABINE SICH ZU SENKEN, ...

DA KRIEG ICH RICHTIG GÄNSE-HAUT.

TEUFEL AUCH! DAS KLINGT JA GRAUEN-VOLL.

JA.

SIEHT GANZ SO AUS, ODER?

WIR KÖNNEN WOHL VON EINEM UN-FALL AUS-GEHEN.

AUF JEDEN FALL SCHEINT KEIN VER-BRECHEN VORZU-LIEGEN.

NICHT SO SCHNELL, BITTE.

EINEN MO-MENT.

DIE SACHE IST DOCH KLAR.

WAS?

HM?

... JEMAND, DEN DU ABGRUNDTIEF HASST, STIRBT AUF DIESE WEISE. WÄRE DIR DAS EINE GENUG-TUUNG?

MAL ANGE-NOMMEN, YANAGIDA, ...

... ABER JA, WÄRE ES.

NUN, ALS POLIZIST SOLLTE ICH DAS NICHT SAGEN, ...

SCHON, ODER?

ICH KANN MIR NICHT HELFEN, ABER FÜR MICH WIRKT DAS GANZE ZU GRAUSAM, UM ZUFALL ZU SEIN. ES IST, ALS WOLLTE IHN IRGENDJEMAND LEIDEN LASSEN.

UND SCHON GEHT ES WIEDER LOS.

ABER WIESO?

... HATTE UNSER OPFER EIN HANDY DABEI. ICH HAB MIR DAS MAL GENAUER ANGESEHEN.

JEDENFALLS ...

WIE BEI EINEM ERMITTLER AUS DER EDO-ZEIT*.

HERR AZUMA UND SEIN BAUCHGEFÜHL.

* 1603–1868

... YANAGIDA?

UND WOHER WILLST DU JEMANDEN AUS DER ZEIT KENNEN, ...

... UND BEIM BLICK DARAUF FIEL MIR ETWAS MERKWÜRDIGES AUF.

ICH HABE UM ZUGRIFF AUF DIE KOMMUNIKATIONSDATEN GEBETEN ...

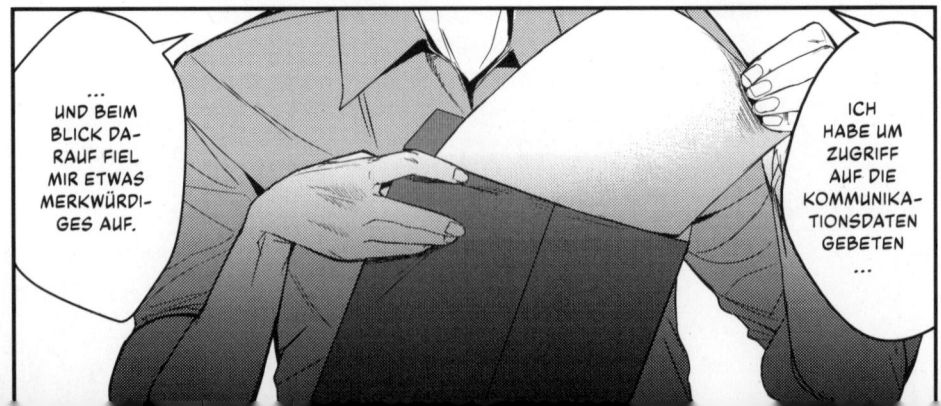

ER POSTETE ZULETZT UM 7 UHR 21, ETWA VIEREINHALB STUNDEN NACH DER GESCHÄTZTEN TODESZEIT.

ABER STATT UM HILFE ZU RUFEN, GING ER AUF EINE SOCIAL-MEDIA-SEITE.

ER SCHRIEB DIESE ENT-SCHULDIGUNG AN EIN IDOL NACH SEINEM TOD.

SOLL HEISSEN ...

SOLL DAS?!

AMA

AMACHANZR @AMA
ICH SCHWÖRE HIERMIT, DASS ICH MISAKI KANZAKI VON NUN AN IN RUHE LASSEN UND NIE WIEDER WIE EIN STALKER BELÄSTIGEN WERDE. ICH BITTE VIELMALS UM VERZEIHUNG.

DIESEN THREAD ANSEHEN

AMACHANZR @AMA

WAS WOLLEN SIE DAMIT SAGEN?

ICH GLAUBE, ICH WERDE ALS ERSTES DIESE MISAKI KANZAKI BE- FRAGEN.

GW〵〵〵〵〵〵N

DÜRFTE ICH MIT- KOMMEN?

DAS WEISS ICH! SO HAB ICH DAS AUCH NICHT GE- MEINT!

MANN, ICH FAHR DA NICHT ZUM SPASS HIN.

...

HÄ?

PZZT

ÄH ...
WAS?!
DER AUFZUG IST ZWISCHEN DEN ETAGEN STECKENGEBLIEBEN!
GENAU WIE BEI UNSEREM FALL ...
NA, SO WAS ... DAS IST ALLERDINGS GRUSELIG.
DA SIND LEUTE DRIN!
WRR WRR
ALLES IN ORDNUNG BEI IHNEN?!

HALTET EUCH VON
MISAKI KANZAKI FERN.

13:19

HNF.

OHO.

INTERESSANT.

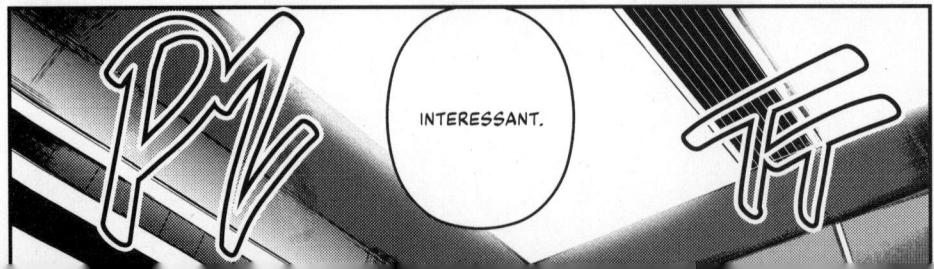

#4

JETZT HABEN WIR UNS DEN MASCHINENRAUM FÜR DIE AUFZÜGE ANGESEHEN, UM AUF NUMMER SICHER ZU GEHEN, ...

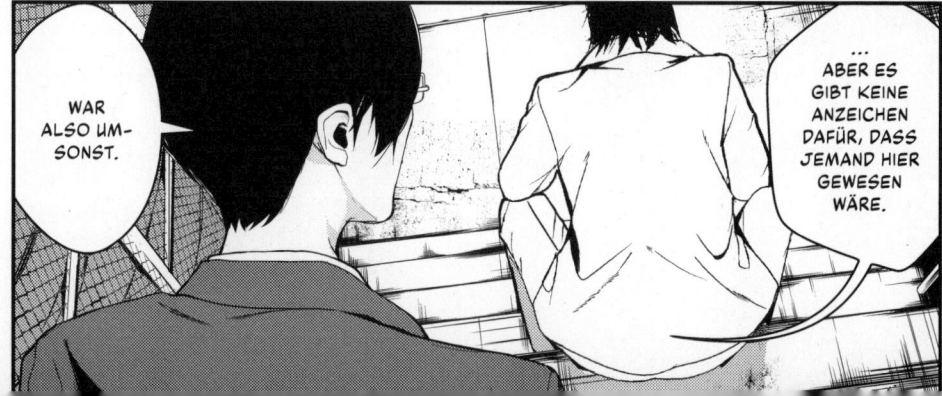

WAR ALSO UMSONST.

... ABER ES GIBT KEINE ANZEICHEN DAFÜR, DASS JEMAND HIER GEWESEN WÄRE.

DANN BLEIBT UNS ALS EINZIGER HINWEIS NUR ...

DIE NACHRICHT! SIE IST WEG!

HÄ?!

UM DAS RÄTSEL ZU LÖSEN, BENÖTIGEN WIR ENTSPRECHENDE UNTERSTÜTZUNG.

AUCH DER SCREENSHOT UND DAS CLOUD-BACKUP ... ALLES WEG.

WAS FÜR UNTERSTÜTZUNG?

TJA, HILFT WOHL NICHTS.

ICH REDE VON SUDO.

SUDO?

ICH MUSS SOFORT ... DEN NOTRUF VERSTÄNDI-GEN.

OH NEIN.

?!

GUUÄRCH

GUUÄRCH

... DER-
SELBE
ALB-
TRAUM.

ABER
SCHON
WIEDER
...

ES WAR
NUR EIN
TRAUM.

HAH

HAH

HAH

WARUM
VERFOLGT ES
MICH DANN SO
SEHR?

ICH
HAB MIR
IHREN TOD
DOCH NIEMALS
GEWÜNSCHT.

WRR WRR

WIESO RUFT SIE EXTRA AN?

YUKI

Eingehender Anruf

YUKI?

HM?

WRR WRR

HÄ? M... MOMENT MAL, WAS?

MISAKI! GEH AUF UNSEREN BUZZTUBE-KANAL! DAS MUSST DU DIR ANSEHEN! ES IST UNGLAUBLICH!

... KANAL?

... UNGLAUB-LICHES?

ETWAS ...

... UNSEREM ...

AUF ...

LES FÉES (OFFIZIELL)

10 MRD. AUFRUFE

TEILEN

OFFLIN

0

WAS?

... MIT DER APP NICHT STIMMEN.

DA MUSS WAS ...

ZEHN MILLIARDEN AUFRUFE? WIE KANN DAS SEIN?

DAS GIBT'S NICHT.

MAL SEHEN, WIE ES BEI ANDEREN GRUPPEN AUSSIEHT.

ONSOKU RAIDEN OTOMEGUMI

DIESER KANAL IS NICHT VERFÜGBA MÖGLICHERWEIS ER GELÖSCHT BETR

KURAGE CLUB

DIESER KANAL IST DERZEIT NICHT VERFÜGBAR. MÖGLICHERWEISE WURDE ER GELÖSCHT ODER DER BETREIBER HAT DEN ZUGRIFF AUF DEN KANAL EINGESCHRÄNKT.

BITTE WÄHLEN SIE EINE DER FOLGENDEN OPTIONEN.

DAHLIA ☆ UNION

DIESER KANAL IST DERZEIT NICHT VERFÜGBAR. MÖGLICHERWEISE WURDE ER GELÖSCHT ODER DER BETREIBER HAT DEN ZUG DEN KANAL EINGESCHR

BITTE WÄHLEN SIE EIN LGENDEN OPTIONE

DIE KANÄLE
WURDEN ALLE
GESPERRT.

WAS
IN ALLER
WELT GEHT
HIER VOR?

ABER
WARUM?

TUCK

TUCK

KLACK

MISAKI!
DIE REDEN
IM FERN-
SEHEN
ÜBER EURE
GRUPPE!

UNS WURDE MITGETEILT, DASS KEIN SYSTEMFEHLER VORLIEGT.

WIR HABEN BEI BUZZTUBE ANGEFRAGT.

DA STIMME ICH ZU.

EHRLICH GESAGT IST DAS DENNOCH SCHWER ZU GLAUBEN.

SENSATION! JAPANISCHE IDOL-GRUPPE ERREICHT **10 MILLIARDEN** AUFRUFE!

WAHNSINN! ZEHN MILLIARDEN!

DAS BEDEUTET, DAS VIDEO WURDE TATSÄCHLICH ÜBER ZEHN MILLIARDEN MAL AUFGERUFEN.

DOCH SELBST DIESES KAM NUR AUF ETWA FÜNF MILLIARDEN.

DEN REKORD AN AUFRUFEN HIELT BISHER DAS MUSIKVIDEO EINES BEKANNTEN AMERIKANISCHEN POP-DUOS.

ABER ICH MUSS SAGEN, DIE MUSIK, DER TEXT, DIE CHOREO-GRAFIE ...

ALLES DARAN WIRKT UNFERTIG.

ICH HABE ES MIR AUCH ANGESEHEN, WEIL ICH DEN RUMMEL VERSTEHEN WOLLTE.

ES HAT AUF KEINEN FALL ZEHN MILLIARDEN AUFRUFE VERDIENT. HA HA HA!

ABSOLUT AMATEURHAFT. GRUNDSCHUL-KINDER KÖNNTEN DAS BESSER.

AUF WERBUNG UMSCHALTEEEN!

AU...

A...

SEIT DREI JAHREN DIE BELIEBTESTE KFZ-VERSICHERUNG

NO.1

IM FALL DER FÄLLE ...

HUP! HUP!

EGAL, WELCHER SPOT! SCHALTET EINFACH UM!

00P0-DEYS-DEYS

PREMIUM VERSICHERUNGSSCHUTZ

JETZT GRATIS ANFRAGEN TÄGL. 9:00 BIS 18:00 UHR

DAYS VERSICHERUNGSGES.

... VOLLEN SCHUTZ!

... BIETET IHNEN UNSERE VERSICHERUNG ...

DU HAST SCHON WIEDER VERLOREN, DU NIETE.

HRM ...

PATT

PATT

Game Strret

* POLIZEIPRÄSIDIUM TOKYO

DANKE.

HAUPT-
KOMMIS-
SAR.

... ABER WIR MÖCHTEN SIE BEI EINEM FALL UM IHRE UNTERSTÜTZUNG BITTEN, ...

BITTE VERZEIHEN SIE DIE PLÖTZLICHE STÖRUNG, ...

... HERR SUDO.

#5

EINMAL NOCH. NUR EINE RUNDE!

HÄ?

OKAY, NA DANN ...

ICH ZAHLE.

KEIN PROBLEM.

... HAB KEIN GELD MEHR.

ABER ICH ...

... ICH DAS KLEIN-MA-CHEN?

ABER WO KANN ...

WAS BRAUCHEN SIE? 5.000 YEN*?

ZWEI-, DREI-TAUSEND REICHEN SCHON.

NEIN, NEIN, ...

WAS DENN?

HERR AZUMA.

* CA. 40 EURO

OFFEN-BAR JA.

IST DAS ETWA DIESER BERÜHMTE SUDO?

DANN
MAL
LOS.

WIE,
OFFEN-
BAR?

AUF
MICH
WIRKT
ER
MEHR
...

... WIE
EIN DAHER-
GELAUFENER
HALBSTARKER.

BITTE?

VOR
EINIGER
ZEIT ...

... VERSUCHTE EINE GEWISSE BEWEGUNG EIN ECHTES ÜBERSINNLICHES MEDIUM ZU ERSCHAFFEN.

ZU DEM ZWECK WURDE AN SCHWANGEREN HERUMEXPERI-MENTIERT. MAN VERABREICHTE IHNEN ALLE MÖG-LICHEN DROGEN UND SO WAS.

SPIRITUALISMUS

NEURELIGIÖSE BEWEGUNG

UND WAS KAM DABEI RAUS?

ACH?

AUSSER EINE FEHL-, TOT- ODER FRÜHGEBURT NACH DER ANDEREN.

NA, WAS WOHL? NICHTS.

ACH WAS?

DA-RUNTER WAR AUCH EIN ZWIL-LINGSPAAR MIT ZUSAM-MENGE-WACHSENEM GEHIRN.

SCHRECK-LICHE SACHE.

SIE WURDEN CHIRURGISCH VONEINANDER GETRENNT. ES SOLL DIE ERSTE GEHIRN-TRENNUNG IN JAPAN GEWE-SEN SEIN.

UND?

AHA.

EBEN HAT ER DOCH NOCH TOTAL ABGE-KACKT!

KLACK KLACK KLACK KLACK

VERDAMMT! WIE KANN DAS SEIN?!

WIE GEHT DAS?

W... WAS SIND DAS DENN FÜR WELCHE?

DEAD CARRY: (BEI NAHDISTANZ)   ➡   OD. N + LIGHT P & K GLEICHZEITIG

DLY ATTACK: (BEI NAHDISTANZ)   ⬅   + LIGHT P & K GLEICHZEITIG

SPIKE ATTACK: ⬇⬇⬆   + DANACH P ODER

EKONG DELTA KICK: ⬇⬇⬆   + P (2X HINTEREINA

TRIOT SWEEPER: ⬇⬇⬅⬅⬅   + P

BLIZZARD

TRIOT

... UND DANN AUCH NOCH DIESE GANZEN KOMPLIZIER-TEN KOMBOS DURCH-FÜHREN?

WIE KÖNNEN DIE ZUSAMMEN AN EINER MASCHINE SPIELEN ...

KLICK KLACK KLICK KLICK

KLICK KLICK

KLACK

NZ)   ➡   OD. N +

NZ)   ⬅   + LIGHT P & K

ÄHM, ... OKAY.

JETZT GEHT'S MIR BESSER. WOLLEN WIR LOS ZUM REVIER?

KLAKER

HNNNNG!

... WIR FAHREN SIE GERNE HIN.

WIR GEHEN ZU FUSS. WIR KENNEN JA DEN WEG.

DANKE, NICHT NÖTIG.

DAS SIND SÄMTLICHE UNTERLAGEN.

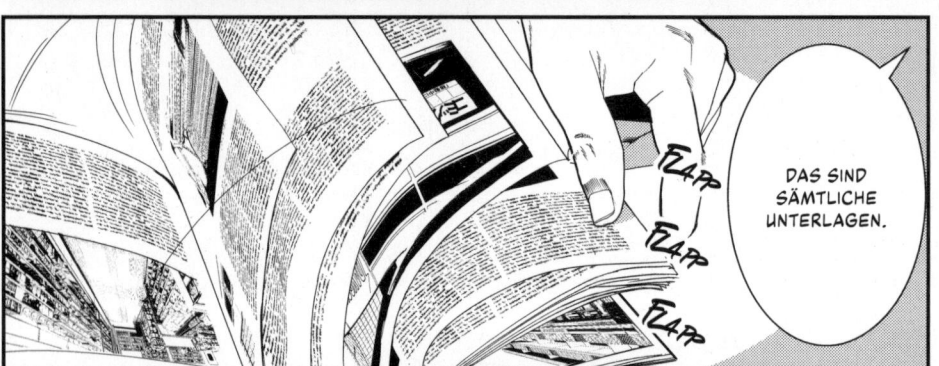

AUF DEN ERSTEN BLICK WIRKEN SIE WIE UNFÄLLE, DOCH BEI GENAUERER BETRACHTUNG FALLEN EINEM UNGEREIMT-HEITEN AUF.

WIR SEHEN UNS MIT MEHREREN SELTSAMEN VORFÄLLEN KONFRON-TIERT.

IN DIE BERGE.

WAS?

DIE BERGE SIND BESSER ALS DAS MEER. NA GUT, OKAY.

MEINST DU? ACH, ICH WEISS NICHT ... ABER DU HAST SCHON RECHT.

WANDERN?

SAGEN WIR, AUF DEN YARIGATAKE? WAS HALTEN SIE DAVON?

ALSO, MEINE HERREN, GEHEN WIR WANDERN!

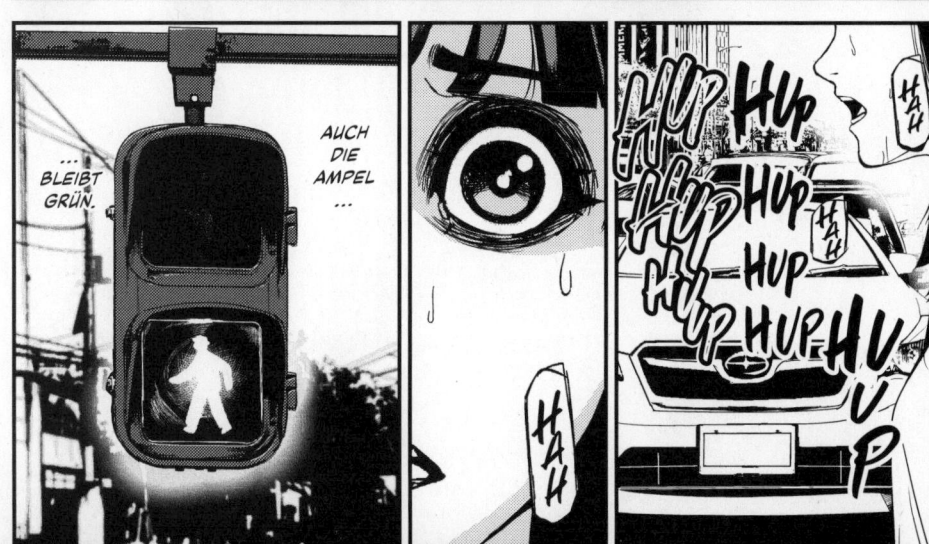

... BLEIBT
GRÜN.

AUCH
DIE
AMPEL
...

WARUM ZUM TEUFEL GEHT'S NICHT WEITER?!

IST DIE VERDAMMTE AMPEL KAPUTT, ODER WAS?

ICH STEHE SEIT ÜBER ZEHN MINUTEN AN DIESER ÜBERQUERUNG UND DIE AMPEL HAT IMMER NOCH NICHT UMGESCHALTET.

ES WAR JEDES MAL NUR GRÜN. IMMER NUR GRÜN.

ICH HAB HEUTE NOCH KEINE EINZIGE ROTE AMPEL ERLEBT.

BEOBACHTET MICH ETWA JEMAND UND STELLT DIE AMPELN UM?!

...TREIBEN WIR HIER EIGENTLICH?

ACH, VERDAMMT, WAS...

HIER DRÜBEN!

DIREKTVERKAUF VON LOKALEN PRODUKTEN

SPARGEL & FRISCHES GEMÜSE

GEFÜHRTE TOUREN DURCH DIE REGION

HONIGMELONEN & ÄPFEL

GEFÜHRTE TOUREN DURCH DIE REGION

HALLO ZUSAMMEN!

... IN EINER REIHE AUF.

OKAY, STELLEN SIE SICH BITTE ...

SMARTPHONES, TABLETS, TRAGBARE RADIOS, MP3-PLAYER, TASCHENRECHNER, FUNKUHREN ...

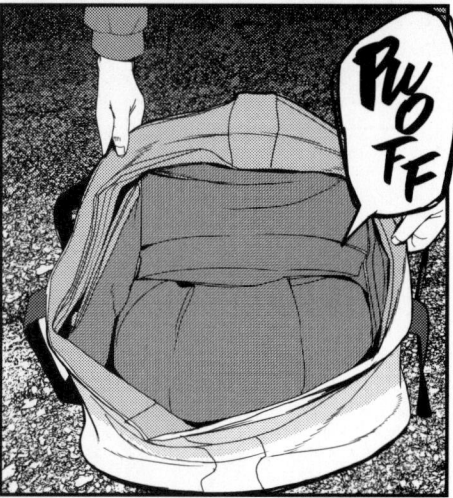

PU OFF

?

... LEGEN SIE JETZT BITTE IN DIESE TASCHE.

... UND ALLE ANDEREN ELEKTRONISCHEN GERÄTE, DIE SIE DABEIHABEN UND DURCH ELEKTROMAGNETISCHE WELLEN BEEINFLUSST WERDEN KÖNNTEN, ...

SO WAS DÄMLICHES.

SIE MÜSSEN GEHEN.

SIE NICHT.

... UND KAUM BIN ICH HIER, SOLL ICH WIEDER GEHEN?!

ERST MUSS ICH EURET-WEGEN EWIG IN DIE PAMPA RAUSFAH-REN ...

W...

WAS?

WILLST DU MICH AUF DEN ARM NEH-MEN?!

STIMMT.

ÄHM, JA, HAB ICH.

WAS?

YAMAZAKI, DU HAST DOCH EINEN HERZ-SCHRITTMACHER, ODER NICHT?

WAPP

DENN WIR KÖNNTEN ES HIER MIT EINER SACHE ZU TUN HA-BEN, WIE SIE DIE MENSCHHEIT NOCH NIE ERLEBT HAT.

ICH MÖCHTE AUF NUMMER SICHER GEHEN UND KEINE ART VON ELEKTRONISCHEM GERÄT IN DER NÄHE HABEN.

... KÖNNEN SIE GERNE MIT- KOMMEN.

ALSO WENN SIE IHREN HERZSCHRITT- MACHER ENT- FERNEN, ...

OKAY, ICH GEH JA SCHON.

WOHER WUSSTE ER VON YAMAZAKIS HERZSCHRITT- MACHER?

GUT, DANN MAL LOS.

PLO

FF

BWAMM

KLACK

TSS! WIE WEIT SOLLEN WIR DENN NOCH MARSCHIEREN?

SCHRFT

SCHRFT

...DASS SIE ANGST DAVOR HABEN, AUSSPIONIERT ZU WERDEN,

KANN JA SEIN, ...

...ABER DESWEGEN MÜSSEN WIR DOCH NICHT HIER IN DEN BERGEN RUM-STAPFEN.

MEINE HERREN, ...

...
ICH MÖCHTE,
DASS SIE MIR
BEIM GEHEN
ZUHÖREN.

WIR
KÖNNTEN VON
DER LUFT AUS
BEOBACHTET
WERDEN.

SCHRTT

SCHRTT

SCHRTT

OH,
BITTE NICHT
UMDREHEN. SEHEN
SIE MICH NICHT
AN. SCHAUEN
SIE EINFACH
GERADEAUS.

...
ABER PER
DROHNE ODER
SATELLIT
WÄRE IMMER
NOCH MÖG-
LICH.

DA NICHTS
ZU HÖREN
IST, WOHL
NICHT PER
HUBSCHRAU-
BER, ...

SCHRTT

SCHRTT

VON
DER LUFT
AUS?

JA.

IM WALD HERUMZUSTEHEN UND ZU REDEN WÜRDE VERDÄCHTIG WIRKEN.

GENAU.

UND DESWEGEN SOLLEN WIR DIE GANZE ZEIT WEITER DURCH DEN WALD WANDERN?

SCHRTT

SCHRTT

MEINEN SIE NICHT „TÄTER"?

WIESO „FEINDESSEITE"?

SCHRTT

WIR DÜRFEN DIE FEINDESSEITE AUF KEINEN FALL UNTERSCHÄTZEN.

SCHRTT

DIE FEINDESSEITE IST IN DER LAGE ELEKTRONISCHE GERÄTE ZU BEEINFLUSSEN. SO VIEL IST SICHER. BIS WIR WISSEN, WIE UND AUF WELCHE DISTANZ, ...

SCHRTT

IST DAS IHR ERNST?

... MÜSSEN WIR ÄUSSERSTE VORSICHT WALTEN LASSEN.

WAS?

SCHRTT

WÜRDEN SIE AUCH DANN NOCH VON „TÄTER" SPRECHEN, WENN SIE WÜSSTEN, DASS DAS ZIELOBJEKT DER ERMITTLUNGEN GAR KEIN MENSCH IST?

SCHRTT

NEHMEN WIR ZUM BEISPIEL DIE SACHE MIT DEM KLEINBUS.

NICHT IHR ERNST, ODER?

KEIN MENSCH?!

DANN WAR ES DOCH EIN UNFALL?

... UND WIRD DANN MIT VOLLER WUCHT VOM ZUG ERFASST.

DAS FAHRZEUG KOMMT GENAU AUF DEN GLEISEN ZUM STILLSTAND ...

... UND DER BREMS-ASSISTENT DES WAGENS MÜSSEN GLEICHZEITIG EINE FEHLFUNKTION GEHABT HABEN.

DAS BEDEUTET, DAS SYSTEM ZUR ERKENNUNG VON HINDERNIS-SEN AM BAHN-ÜBERGANG ...

START

... ERFORDERT DIE GLEICHZEITIGE MANIPULATION DES WAGENS UND DER GLEIS-ANLAGE EIN UNGLAUBLICH PRÄZISES TIMING.

DIE WAHR-SCHEINLICH-KEIT FÜR SO EINEN UNFALL IST UNVOR-STELLBAR GERING. UND WENN ES KEIN UNFALL WAR, ...

DAS SETZT EINE ENORM HOHE FLEXIBILITÄT UND REAKTIONS-GESCHWINDIGKEIT VORAUS.

SCHRTT

FÜR EINEN GEWÖHNLICHEN MENSCHEN IST DAS UN-MÖGLICH.

SCHRTT

SCHRTT

SCHRTT

ABER WENN MAN SICH DIESE SERIE AN VORFÄLLEN SO ANSIEHT, WIRD MAN DAS GEFÜHL NICHT LOS, DASS EIN MENSCH DAHINTERSTECKT.

KANN SEIN.

VIEL-LEICHT EINE KI?

SCHRTT SCHRTT

SCHRTT

ALSO ETWAS, DAS WEDER MENSCH NOCH MASCHINE IST ...

... UND EIN MANN WIRD ÜBER SECHS STUNDEN LANG GEQUÄLT.

EINER FRAU WIRD IN EINER LIVE-SENDUNG DAS GESICHT ABGE-TRENNT ...

... FALSCH.

NEIN, ...

STOPP

DAS ALLES WIRKT VIEL ZU INSZENIERT FÜR DAS WERK EINER KI.

DAS GE-GENTEIL IST DER FALL.

ES MUSS EIN WESEN SEIN, DAS GLEICHZEITIG MENSCH UND MASCHINE IST. DANN ERGIBT ALLES EINEN SINN.

UND WIE STELLEN SIE SICH DAS VOR?

GLEICHZEITIG MENSCH UND MASCHINE?

WIE, KEINE AHNUNG?! SIE MÜSSEN DOCH ...

W...

KEINE AHNUNG.

WAS ...

FUCK!

OH VER-DAMMT! ER IST TOT!

WAS IST LOS? WAS IST PAS-SIERT?!

S... SAITO! WAS IST?!

HÄ?

WAR DAS NICHT EIN SCHUSS?!

WAAAH

LÄRM

SRTT

SRTT

HERR ...YAMA-ZAKI?

TAMM

HRCH

HRCH

HRCH

WAS SOLL DAS, YAMAZAKI? NIMM DIE WAFFE RUNTER!

HAT ER ETWA GESCHOSSEN?

WAS?! YAMAZAKI?

ES ...
TUT MIR
LEID, ABER
...

HNG...
HNNNG...
E...

... IHR
MÜSST
STERBEN.

WIRF
DIE WAFFE
WEG!

JA.

DU,
KANN
ES SEIN
...

NICHT,
YAMA-
ZAKI!

PIEP
NA GUT, DANN ZURÜCK.
SCHRITT
HFF ...
SCHÖNER MIST.
WRSCH
WRSCH

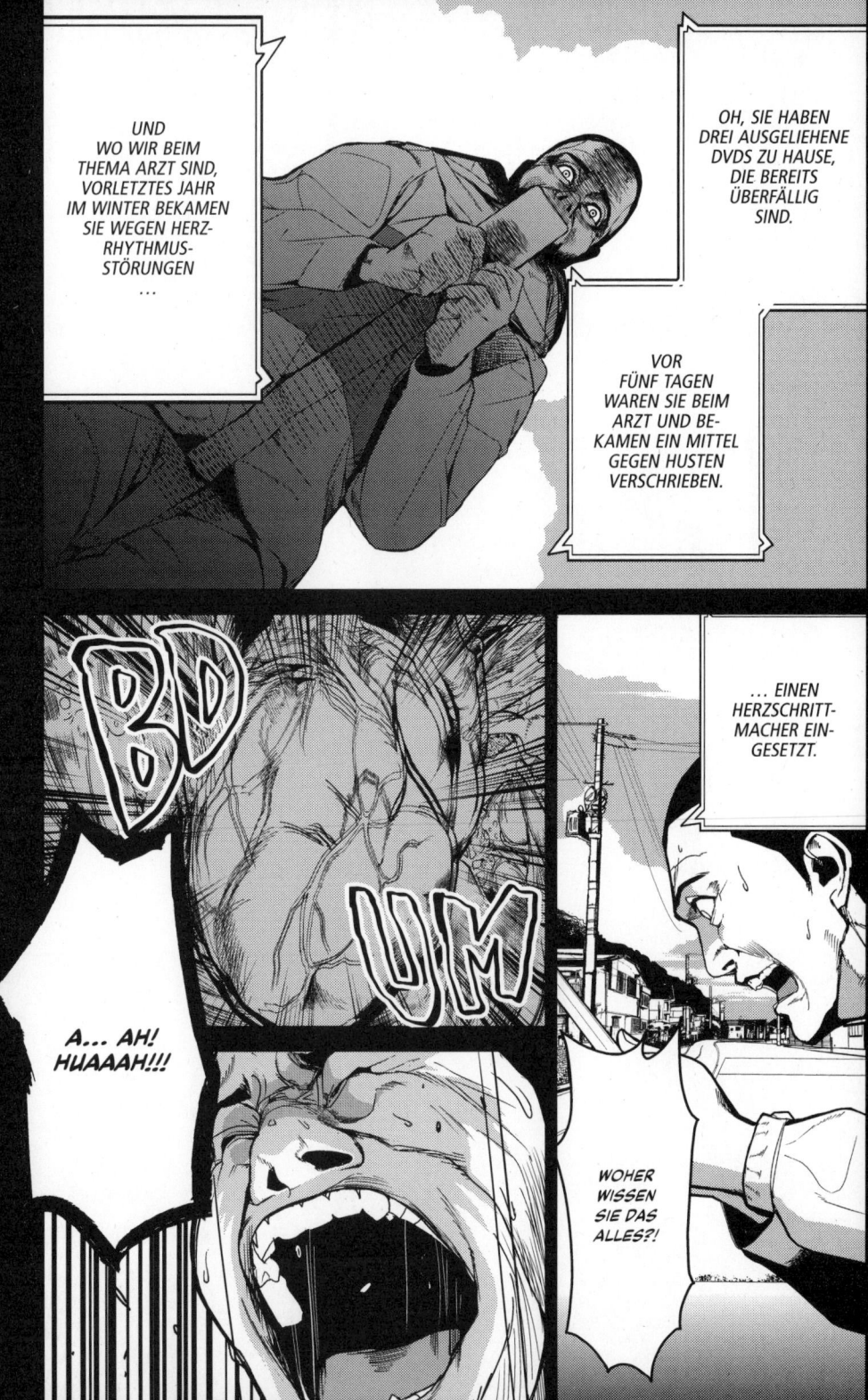

VER-SCHONEN SIE MICH.

V...

WIE WAR DAS?

HRCH

HRCH

B... BITTE NICHT.

HFF

HFF

HRCH

DANN TÖTEN SIE DIE ANDEREN ERMITTLER.

HRCH

DIREKTVE

UKTENI
HONIG-
MELONEN
& ÄPFEL

GEFÜHRTE
TOUREN
DURCH DIE
REGION

JA.

... AKA-NE?

HAST DU DAS GE-HÖRT, ...

MACHEN SIE SCHON. ERLEDIGEN SIE SIE.

... ZWEI, DREI ...

... EINS, ...

... SIEBEN.

INSGESAMT ...

BUM

GUAAAH!!!

HRCH HRCHL HRCH

EGAL, OB ICH SIE WIE BEFOHLEN TÖTE ODER NICHT, ...

HAH HAH

HFF HFF

... MICH ERWARTET AUF JEDEN FALL DIE TODESSTRAFE.

ICH WEISS NICHT ... WELCHER TEUFEL MICH GERITTEN HAT.

VERZEIH MIR, SAITO.

ES TUT MIR LEID.

SAITO ...

HERR
YAMA-
ZAKI!

TU DAS
NICHT!

YAMA-
ZAKI!
HÖR
AUF!

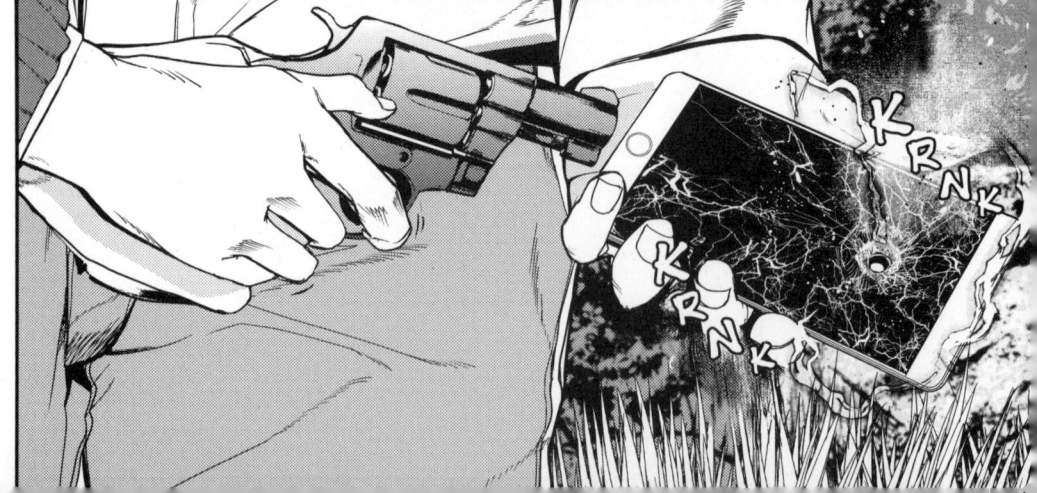

ALLES IN ORDNUNG, HERR YAMA-ZAKI?

AH ... AAH ...

MITTELS DER ELEKTROMAGNETISCHEN STRAHLUNG IHRES HANDYS WURDE IHR SCHRITTMACHER GESTÖRT.

HAH!

HFF HFF

AH ...

HERR YAMAZAKI, WÜRDEN SIE UNS BITTE ERKLÄREN, WAS GENAU PASSIERT IST?

UND ER HAT DICH ER-PRESST?!

WAS?! DER TÄTER HAT SIE KONTAKTIERT?

IN DEM FALL MÜSSEN WIR DAVON AUSGEHEN, ...

IN SO KURZER ZEIT KONNTE ER DIESES GERÄT FINDEN UND HACKEN.

ER-STAUN-LICH.

DAMIT BESITZT ER BEINAH GOTT-ÄHNLICHE MACHT.

... DASS ER AUCH IN DER LAGE IST, IN DIE COMPUTER VON UNTERNEHMEN ODER ÖFFENTLICHEN EINRICHTUNGEN EINZUDRINGEN.

MAN KÖNNTE ES „DENJIN", EINEN „ELEKTRO-MENSCHEN", NENNEN.

DIESES WESEN, DAS WEDER MENSCH NOCH KI IST.

WIR MÜSSEN IHN SCHNELLSTENS AUFHALTEN, BEVOR ES ZU EINER KATASTROPHE KOMMT.

1

ENDE

DENJIN N

DENJIN N
© 2019 Yuu Kuraishi, Kazu Inabe, Kuu Tanaka
All Rights Reserved.
First published in Japan in 2019 by Kodansha Ltd., Tokyo.
Publication rights for this German edition arranged through
Kodansha Ltd., Tokyo.

Deutschsprachige Ausgabe / German Edition
© 2024 Crunchyroll SA
CH-1007 Lausanne
1. Auflage

Aus dem Japanischen von Martin Bachernegg

Programmleitung: Hideki Iyama / Lizenzkoordination: Ai Kono
Redaktion: Beatrice Tavares / Herstellung: Sonja Lesch, Stephanie Gieck
Deutsche Logogestaltung: Maaya Wakasugi
Lettering: Datagrafix Inc.
Druck und Bindung: GGP Media GmbH, Pößneck

Alle deutschen Rechte vorbehalten
ISBN 978-2-88951-935-4